光文社文庫

長編推理小説

十津川警部「悪夢」通勤快速の罠

西村京太郎

KOBUNSHA

光　文　社

目次

第一章　ベッドタウン

1

四十一歳の本間英祐《ほんまえいすけ》は、初めて、自分の家を持った。それまで、妻の夏子《なつこ》と、中野《なかの》のマンション暮らしだったが、去年、八王子《はちおうじ》に、小さいながら、新築の家を持った。

五十坪の土地は、もともと、亡くなった父親が、彼のために、用意しておいてくれた土地で、それでも、家を建てるために、二千万円近い借金が、できた。

それは、二十年で、返済する計画に、なっている。

妻の夏子のほうは、現在三十四歳で、それまで、子供を欲しいと、思いながらも、なかなかできなかったのだが、八王子に、転居したのが、よかったのか、初めて妊娠した。現在、四ヵ月になる。

本間英祐の勤務先は、東京駅八重洲口《やえすぐち》に、本社のあるM住建で、一時は、経営が苦しかったが、都心の再開発ブームで、超高層マンションが、あちこちにできてからは、そのマンションの販売を、一手に引き受けて、業績もやっと向上してきた。

本間は、そこの、営業三課の、課長補佐である。

中野にいた頃は、マンションから、東京駅八重洲口の会社まで、中央線でも、地下鉄でも、三十分ぐらいで行けたのだが、八王子に引っ越してからは、中央線の、通勤特別快速を、利用することになった。

八王子駅を、七時九分に発車する、通勤特別快速に乗ると、八時七分に、東京駅に着く。

会社は、九時に始まるので、この電車に乗れば、十分間に合うのだが、時として、次の七時五十八分の電車になってしまうことがある。

これだと、東京駅に、着くのは、八時五十六分で、駅から会社まで、全力疾走しなければならない。

最初は、この通勤が、苦になったが、慣れてしまえば、それほど、苦にならなくなった。

現在の自宅は、八王子の駅から、車で十五、六分だが、その間は、妻の運転する車で、送ってもらうことに、なっている。

八王子から、通勤特別快速で、一時間足らず。乗換えがないので、楽といえば、楽である。

本間は、現在の生活に、一応、満足していた。会社の経営状態もよくなっているし、おそらく、来年になれば、課長に、昇格するだろう。

家を新築する時、本間は、我儘《わがまま》を一ついった。それは、家の中に、半地下の、ホビールームを、造ることだった。

彼は、鉄道模型や、車の模型を、自分で作るのが趣味で、そのために、旋盤《せんばん》やボーリングなどの、工作機械を、買い込んでいた。

マンションでは、大きな音を、立てるので、おおっぴらに、できなかったが、八王子に越してからは、十分に、それを楽しめる。そう思ったから、ホビールームを、造ったのである。

半地下のそのホビールームに、買い込んだ工作機械を、ずらりと並べ、日曜日になると、そこに閉じこもることが多かった。

彼が作る鉄道模型や、車の模型は、模型といっても、本物と、変わらない、エンジンや蒸気機関で走る本格的なものである。そのために、車輛から自分で作らなければ、気がすまなかった。

蒸気機関車についていえば、自分で、本物の蒸気機関車の四分の一の設計図を引き、ボディを作り、車輪を削り出し、そして、それを、組み立ててから、本物の石炭を焚《た》いて、蒸気機関車を走らせるという、本格的なものだった。

現在、次の蒸気機関車を、製作中だが、完成したら、あまり広くない庭に、レールを敷いて、石炭を焚いて、走らせるつもりでいる。

妻の夏子のほうは、そんなものが、何の役に立つのかという目で、見ているが、それでも、本間が、

「これが、僕の唯一の、趣味だから」

というので、大目に、見てくれている感じだった。

本間は、タバコを吸わず、酒は、缶ビールを二本飲めば、顔を赤くしてしまうほどである。

そのほか、バクチをするわけでもなく、確かに、

〈僕の唯一の、趣味だから〉

という言葉は、別に詭弁《きべん》ではなかった。

八王子に、住居を移してから、すでに二年近く、本間は、まもなく、四十二歳を迎える。

毎日、彼は、八王子七時九分発の、通勤特別快速に乗って、東京に向かう。

会社は、五時で、終わりだが、五時で、きちんと終わった時には、五時三十二分の、通

勤快速に乗って帰宅する。八王子着は、六時二十七分である。おくれても、たいてい、六時八分発の通勤快速には、乗って帰ることにしていた。

本間は、穏やかな性格だったので、会社の中にも、何人かの友人が、できていたが、八王子から東京までの、通勤の電車の中でも、自然に、一人の友人が、できた。

中村健治《なかむらけんじ》という、二十四歳の、独身のサラリーマンだった。

彼も、八王子に住んでいて、同じ、七時九分発の、通勤特別快速に乗るのである。毎日のように、顔を合わせているうちに、中村のほうから、声をかけてきて、知り合いになった。

中村は、四谷《よつや》に営業所のある、賃貸物件の保証会社の、社員だった。

中村が働いているような保証会社は、最近になって急激に数が増えてきた。主に、東京都内のマンションやアパートに住む人間が、友人知人や肉親に、保証人になってもらえない場合に、中村の会社が、保証するという仕組みで、部屋代の取り立ても、するが、それについては、一定のパーセントの金額を、受け取る仕組みになっている。

両親に黙って、東京に出てきて、ホステスなどをやっているような若い女性の場合、保証人が、いないので、こうした会社が、流行《はや》るのだろう。

中村は、本間が、M住建の社員だと知ると、笑って、

「どこかで、共通点がありますね。われわれには」

と、いった。

確かに、マンションの販売で、利益を上げている本間の会社と、賃貸の保証人になって、利益を上げている中村の会社とは、共通点が、ないこともなかった。

しかし、本間は、中村が勤めている保証会社の仕事の内容が、わからず、通勤電車の中で、話をきくことが、よくあった。

2

「本間さんの仕事は、高級マンションを販売して、それで、利益を上げているんですから、きれいな、仕事だけど、僕のほうは、いってみれば、ダーティな、仕事ですよ」

と、中村は、いった。

「どう、ダーティなんですか？」

と、本間が、きくと、

「最近は、景気が、悪いですからね。ウチが保証人になって、マンションを借りてやった若者が、部屋代を、払わずに逃げてしまうことが、多いんですよ。たとえば、上京してきたばかりの若い娘が、ホステスに、なりたいというので、ウチが保証人になって、四谷周辺の、マンションを借りてやっても、仕事が、うまくいかないと、二ヵ月も三ヵ月も、部屋代を滞納した挙句《あげく》に、催促すると、何もいわずに、姿を消してしまうんです。その取立てが、大変なんですよ」

「そんなところにも、やっぱり、景気の悪さが影響しているんですか」

と、本間が、感心したように、いった。

「でも、本間さんの商《あきな》っている、超高級マンションは、売れ行きが、いいんじゃありませんか？」

と、中村が、いうと、本間は、それには答えず、逆に、

「部屋代を、二ヵ月も三ヵ月も、滞納する人がいるんですか？」

と、きいた。

本間の気持ちからして、そんなことは、考えられなかったからである。

中村は、笑って、

「よくありますよ。ウチが、契約しているマンションの大家《おおや》さんから、電話が、入るんです。何号室の誰々さんが、二ヵ月も、部屋代を払っていないから、お願いしますと、いうんですよ。それで、われわれは、たいがい二人一組になって、部屋代の督促《とくそく》に、行くんで

すがね。われわれが、来るのを見越して、逃げていたりしていて、なかなか、取れないんですよ」

と、いった。

「そういう時は、どうするんです？」

「まず、督促状を書いて、ドアの郵便受けに、挟《はさ》んでおきます。いついつまでに、部屋代を払えというふうに、書いておきますがね。それでも、払わないと、また、出かけていくんですが、向こうも、不景気だから払えないとか、いろいろと、泣き言をいうわけで、その上、ウソばかりつく人間も、いましてね」

「どんなウソを、つくんですか？」

「たとえば、月末に集金に行くと、昨日、振り込んだと、いったりするわけで、ところが、調べてみると、振り込んで、いない。それをいうと、今度は、間違えて、ほかの銀行に、振り込んでしまった。それを、取り返してすぐに、振り込み直しますよなんていったりするんです。今もいったように、景気が、悪くなってから、これが、多くなりました。苦労も、多いですよ」

と、中村が、いった。

「中には、怖い人間も、いるんじゃありませんか？　たとえば、暴力団が、部屋代を、滞納していると、それを、督促に行くと、もめるんじゃありませんか？」

と、本間が、きいた。

「確かに、もめますが、僕は案外、そういうのは、平気なんですよ」

と、中村が、笑った。

「どうしてですか？　僕だったら、びびっちゃいますけどね」

「実は、高校時代に、空手をやっていましてね。これでも、一応、全国大会に、出たことがあるんです。ですから、いざとなれば、負けないという気が、あるんで、相手が暴力団員でも、割と平気なんですよ」

と、中村が、いった。

「うらやましいな」

と、本間は、正直に、ため息をもらした。

「何が、うらやましいんですか？」

「僕なんか、腕にまったく、自信がありませんからね。それに、臆病だから、そんな場面にであったら、逃げ出して、しまいますよ。時々、そういう自分が、恥ずかしくなることが、あるんですけど、しょうがないんです。臆病なんだから」

と、本間は、いった。

「いいじゃありませんか。臆病なほうが、いいかも知れませんよ。危険な目に、遭《あ》いませんからね」

と、中村が、誉《ほ》めたような、けなしたような、いい方をした。

本間は、小中高、そして、大学を通じて、これといった、スポーツを、やったことがない。一応、野球ぐらいは、やったことがあるが、それも、遊びである。

もちろん、ボクシングや柔道、空手といった、格闘技の類《たぐい》は、やったことがなかった。

その上、ケンカも、あまりしたことがない。

臆病だから、ケンカもしない。だから今まで、ケガも、しなかったのかも知れない。

その一方で、本間は、腕力自慢の人間をバカにしていた。

(ケンカなんかする奴は、バカだ)

と、思った。

それに、変に正義心を起こして、人助けに飛び出して、その結果、怪我《けが》をするのもバカらしい。

「そのうち、中村さんに、空手でも教わろうかな」

と、本間は、いった。

半分お世辞《せじ》だった。

中村が、きっぱりと、

「怖くありませんよ」

と、いった時には、本当にうらやましかったのだ。

自分も、中村のように、空手の有段者ならば怖いものもないのだろう、そう思ったのも本当だった。

その後も、通勤電車の中で、中村と会うことは、あったが、しかし、本間は、二度と、中村に空手を、習いたいとはいわなかった。どう考えても、自分にはそんなことができそうもなかったからである。

その代わり、本間が、自分の家にホビールームを造り、現在、蒸気機関車の模型を、作っているというと、これには中村のほうが、うらやましそうな顔になって、

「僕もぜひ、そのうちに、そんな部屋を、造って、飛行機か車の模型を、作ってみたいですね。外国には、ホンモノの車のキットを売っているのが、あるそうじゃありませんか？僕は今、軽自動車に、乗っているんですが、そういうキットを買ってきて、ちょっとした、スポーツカーを作ってみたいという夢が、あるんですよ」

と、いった。

本間が、今作っているのは、C11蒸気機関車の模型だった。

正確にいうと、3½の模型である。完成すれば、全長千六十五ミリ、重さは五十キロを越える筈《はず》だった。軌道の幅は、八十九ミリ。そのレールを庭一杯に敷きつめて、走らせるのが、本間の夢だった。

その夢は、間もなく、実現する筈だった。

3

八月十日に、本間は、四十二歳の誕生日を迎えた。妻の夏子の誕生日は、一週間遅れの、八月十七日である。

だから、八月十日に、二人一緒の誕生日を、祝うことになった。

この日の夜、本間は、夏子に、東京駅に来てもらって、一緒に、近くのホテルの、レストランで誕生日を、祝った。

シャンパンで乾杯した後、

「来年になると、家族が、もう一人、増えるんだな。来年は、三人で、祝うことにしたいね」

と、本間は、いった。

「今度は、東京じゃなくて、ハワイか、どこかで、誕生日を祝いましょうよ」

と、夏子が、いった。

「そうだな。親子三人で、ハワイに行くか」

と、本間は、笑ってから、

「そういえば、中村さんの誕生日も、八月だったんだ。確か、八月三十日と、きいたんだが」

と、思い出して、いった。

「中村さんって、通勤電車の中で、一緒になる人？」

と、夏子が、きく。

「そうだよ。保証会社の社員で、高校時代に、空手の選手だった、という人だ」

「じゃあ、今でも、空手をやっているのかしら？」

「それはわからないが、空手をやっていたおかげで、今でも、どんな相手に対しても、自信を、持てるといっていた。それをきいて、うらやましかった。僕なんか、臆病だからね」

と、本間が、いった。

「臆病なのが、いちばんよ。なまじ、腕に自信があると、危ない目に、遭うから。あなたは、絶対に、空手とか、ボクシングなんかやっちゃダメ」

と、夏子は、真顔で、いった。

本間は、苦笑して、

「僕は、運動神経がないから、空手や、ボクシングを習ったって、上達しないに、決まっている。だから、やらないんだ」

と、いった。

「それがいちばん。あなたが、ホビールームを造って、あんなバカでかい蒸気機関車の模型なんか作っているの、最初は、反対だったけど、今になってみると、あれが、いちばんいいわ。子供が生まれたら、その蒸気機関車に、乗せてやってね」

と、夏子は、いった。

九月に入って、初めての金曜日。

明日から土、日と、連休になるので、本間の会社では、遅くまで、残業になった。

そのため、本間は、東京発二十三時三十二分の、最終の特別快速に、乗ることになった。

そのあと、特快はないから、乗り遅れれば、泊まるほうがまだ良いということに、なってしまう。

とにかく、この最終の特別快速に、乗ることができて、本間がホッとしていると、四ツ谷で、珍しく、中村が乗ってきた。

中村は、目ざとく、本間を見つけて、近寄ってくると、

「本間さんが、最終の特快なんて、珍しいですね。僕なんか、仕事が忙しいので、時々、この最終を、利用していますよ」

と、いった。

本間のほうは、東京駅から乗ったので、何とか、座ることができたが、中村のほうは、席がない。

「途中で交代しましょう」

と、本間が、いった。

四ツ谷の次の新宿では、最終の特快らしく、どっと、乗客が乗ってきた。酔っている男も、いるし、ホステスらしい女性も、いる。

急に車内が、やかましくなった。

電車が中野を、過ぎたあたりで、突然、車内で、ケンカが始まった。

本間の座っている席の前に、立っていた、中村の姿が、急に見えなくなった。本間が、心配していると、中村は、五、六分して戻ってきて、

「ケンカは、収まりましたよ」

と、ニッコリして、いった。

「どうしたんですか？」

と、本間が、心配してきくと、

「ホステスらしい女性に、男が三人でからんでいたんですよ。女性が、悲鳴を上げているのに、ほかの乗客が、傍観しているので、ちょっと、ケンカを、わけてきたんです。もう大丈夫です」

と、中村は、いった。

そのまま、電車は、零時二十五分に、八王子に着いた。

この最終の特快は、大月《おおつき》行きで、大月には、午前一時十分に、着くことになっている。

しかし、八王子で、乗客の半分ぐらいは、降りてしまった。

その中に、本間と、中村もいて、ホームに降りて、改札に向かって、歩いていると、急に後ろから、

「おい、ちょっと待て」

と、男が、大声を、かけてきた。

振り向くと、三人の男が、立っていた。

いずれも二十代から三十代ぐらいの、男たちで、本間は、その男たちを、見ただけでび

くっとしてしまったが、中村のほうは、平気な、顔で、

「何か用ですか？」

と、いった。

男の一人が、

「電車じゃ、いい顔を、しやがって。ここで、決着をつけてやる！」

と、怒鳴った。

どうやら、電車の中で、ケンカをしていた、男たちらしい。

ほかの乗客たちは、そそくさと、改札口に向かって小走りに、行ってしまい、男たち三人と、本間、中村の、五人だけが、ホームに取り残されるかっこうになった。

本間は、駅員が、来てくれればと、思って、周囲を見回したが、あいにく、駅員の姿は、ない。

「あれは、君たちのほうが、悪いんだ。女にからむなんて、最低じゃないですか」

と、中村が、いった。

どうやら、その〝最低〟という言葉が、男たちを、刺激したらしい。

二人目の男が、

「よくもナメやがって！」

と、怒鳴った。

本間が、小声で、

「ケンカは、よしましょうよ」

と、中村に、いった。

中村は、笑って、

「これは、ケンカじゃありません。話し合いですから、大丈夫ですよ」

と、いった。

三人目の男が、

「話し合いなんて、きれいごとを、いいやがって。とにかく、一緒にこい。駅の外で、話をつけてやる」

と、いった。

その後で、その男は、本間を、ジロリと睨《にら》んで、

「お前も一緒か？　一緒なら、相手になってやるぞ」

と、いった。

どういっていいかわからず、本間が、黙っていると、最初の男が、

「関係のないヤツは、黙っていろ」

と、いって、三人で、中村を囲むと、さっさと、改札口を、出ていった。

本間は、一人でポツンと、取り残されたが、あわてて、改札口に、向かって走った。どうしていいのか、わからないのだが、とにかく、中村が、ケガをしては、困る、それだけだった。

しかし、改札口を、出ると、もう、三人の男たちの姿も、中村の姿も、見えなくなっていた。

駅前の通りを、見回したが、タクシー乗り場に、並んでいる行列が、見えるだけで、中村たちの姿は、見えない。

本間は、相変わらず、どうしていいか、わからずにいた。

駅前の交番に、駆け込んで、ケンカのことを、いおうと思ったが、いえば、いろいろと、尋ねられるだろう。それが、イヤだった。

それに、中村が、いった言葉もあった。

〈これは、ケンカじゃない。話し合いですから〉

と、中村は、笑っていた。それならば、大丈夫だろう。そんな気もしてきた。

無理矢理、大丈夫だと自分にいいきかせているところへ、妻の夏子が、車で迎えに来た。

本間を見つけて、近寄ってくると、

「何してるの？　帰りましょうよ」

本間は、

「それが――」

と、いいかけたが、夏子に、うまく説明することが、できなくて、

〈まあ、大丈夫だろう〉

と、自分にいいきかせて、夏子の運転する車に、乗ってしまった。

車が走り出す。

それでも、やはり、本間は、気になって、駅のほうを、振り返った。

「何してるの？　誰か、知っている人でもいたの？」

と、夏子が、いった。

「例の中村さんだがね」

と、本間が、いった。

「中村さんが、どうかしたの？」

「いや、何でもないんだ」

と、本間が、いった。

4

翌日の土曜日は、朝から快晴だった。

「今日、東京に、行きたいんだけど、つき合って」

と、朝食の時、夏子が、いった。

しばらく、東京に、買物に行っていないので、出かけたいのだという。

「いいよ」

と、本間は、いったが、その心のどこかで、やはり、中村のことが、気になっていた。

大丈夫だとは、思いながらも心配で、テレビをつけて、朝のニュースを、見たが、中村のことは、まったく出てこない。ケンカのことも、報道されなかった。

それで少し安心して、本間は、朝食の後、外出の、支度《したく》をした。

本間たちは、この日、六本木《ろっぽんぎ》ヒルズで、ちょっとした買物をし、夕食も済ませて、八王子に帰った。午後十時過ぎに自宅に着いた。

妻の夏子は、高揚した様子で、おしゃべりをしていたが、本間は、上《うわ》の空《そら》で、相づちを打ちながらも、相変わらず、中村のことが、気になっていた。

深夜の、テレビのニュースを見てみたが、相変わらず、それらしい、事件の報道はない。

きっと、あの後、何事もなく、男たちと、別れて、中村は、自宅のマンションに、帰ったに違いない。本間は、そう自分に、いいきかせた。

翌日曜日。本間は、ラジオのニュースをききながら、ホビールームで、蒸気機関車C11の模型の製作に、時間を費やした。

作っていると、不安を、忘れられるからだった。

3½の模型は、半分以上、できあがっていた。

その日の夜になって、本間の不安が、現実のものになった。

夕食を取りながら、テレビを見ていると、

〈市内を流れる浅川の川岸の、草むらの中から、中村健治さん（二十五歳）の死体が、発見された〉

というニュースが流れたのだ。

死体には、背後から、ナイフで刺された傷があり、傷は、腹部にもあって、それが、致命傷になったと、ニュースは伝えた。

死亡推定時刻は、二日前の金曜日の深夜と、アナウンサーは、いった。

あの日、駅前から、三人の男たちと、一緒に中村は、いなくなった。その後、浅川の河原で、刺されて、死んだに、違いなかった。

そのニュースをきいているうちに、自然に、本間は、青ざめ、体が、小刻みに震えてきた。

最近は、血なまぐさい事件が多く、それが報道されることも、珍しくないが、本間の身近の人間が、殺されたのは、初めてだった。

それだけ、現実感が、強烈で、自然に体が震えたのだ。

妻の夏子も、このニュースを見て、さすがに青い顔になった。彼女は、中村には、会っていないが、

「この殺された人って、あなたの話していた、中村さんでしょう？」

と、いった。

「そうなんだ。あの日に、殺されたんだ」

と、本間は、いった。

その後で、本間は、じっと考え込み、

「どうしたらいいんだろう？」

と、夏子に、きいた。

「どうしたらって、何のこと？」

と、夏子が、きく。

「僕は、あの日、中村さんが、男三人に、連れていかれるのを、見ているんだ。だから、こうなったら、警察に、いったほうがいいんじゃないかと、思ってね」

と、本間が、いった。

「でも、あなたは、その男たちに、顔を見られて、いるんでしょう?」

と、夏子が、きく。

「それは、そうなんだが」

「それなら、ヘタに警察に協力すると、その人たちに、恨まれるかも知れないわ」

と、夏子が、いった。

「しかしね」

と、本間が、つぶやく。

優柔不断なのは、自分でも、わかっている。だが、どうしたらいいのか、わからないのだ。確かに、夏子のいうとおり、あの三人の男たちに、睨まれるのは怖い。とても怖い。ヤクザかも知れない。

しかし、だからといって、警察に、知っていることを、いわないのも、怖いのだ。

「警察に電話しようか?」

と、本間は、曖昧《あいまい》な口調で、いった。

「でも、警察に電話をかけると、こちらのことがわかってしまうわよ」

と、夏子が、脅かすように、いった。

「警察に電話すると、こっちの電話番号が、すぐにわかるんですって。だから匿名《とくめい》というわけにはいかないのよ」

5

こちらの名前がわかったら、どういうことになるのだろうか？　警察は、きっと、ここへ来て、いろいろと、きくだろう。

本間には、もちろん、警察に、協力する気はある。しかし、だからといって、いろいろときかれるのは、困るという気も、あった。

きかれれば、どうしても、金曜日の夜のことを、話すことになってしまうだろう。きっと、警察の人間は、本間のことを、臆病な人間だと、思うだろう。それが、怖い。きっと、みじめなことになる。

迷っていると、夏子が、

「きっと、あなたのほかにも、金曜日の夜のことを、見ている人が、いると思うわ。その人たちが、証言してくれれば、それで、いいんじゃないの？」

と、いった。

確かに、あの夜、駅員の誰かが、中村とあの三人の男たちのことを、見ているかも知れない。もし、見ていれば、きっと、証言してくれるだろう。そうなれば、本間が、いちいち、警察に連絡する必要が、なくなるのだ。

そう願って、本間は、電話をするのをやめてしまった。

夜の九時のニュースでは、事件のことが、もう少し詳しく報じられた。

テレビの画面には、中村健治の、顔写真が映り、二十五歳という年齢や、保証会社の、四谷営業所で働いていたこと、などが、アナウンスされた。

その後、テレビには、高校時代の友人や、マンションの住民たちの話が、続いて流れた。

それによると、中村は、高校時代に、空手の選手で、正義感が強く、明るい性格だったというようなことが、語られていく。

本間が、いちばん恐れたのは、中村が、親しくしていた、友人の一人として、自分の名前が出ることだった。

しかし、幸いにも、本間の名前は、出てこなかった。

たぶん、本間と中村のつき合いが、通勤電車の中だけということが、あったのだろう。自分の名前が、出なかったことで、本間は、助かったと思った。

中村は、八王子駅から、歩いて十五、六分のマンションに住んでいて、毎朝、そこから、駅までは、自転車で通っていた。

そういうことも、わかったのだが、本間が期待したような、目撃証言は、なかなかニュースでは、報じられなかった。

翌朝になって、やっと、八王子駅の駅員の一人が、金曜日の深夜、最終の特別快速が、発車した後、中村らしい男が、二、三人の男と一緒に、駅から、歩いて出ていくのを、見たと証言し、それを、テレビが放送した。

しかし、それも、中村らしいというだけで、中村健治本人か、どうかは、不明ということだった。それに、暗くて、三人の男の顔はわからなかったともいう。

その日、本間が駅に行くと、駅の入り口に、大きな、立て看板があった。

その立て看板には、

「金曜日の深夜、浅川の河原で、中村健治さん（二十五歳）が、何者かによって殺されました。中村さんは、金曜日の夜、東京発の最終の特別快速で、帰途につき、この八王子駅で、降りたと思われています。もし、中村さんを、その日に見かけたという方は、ぜひ、警察まで、ご一報ください。皆様のご協力を、お待ちしています　八王子警察署」

と、書かれてあった。

新聞も、もちろん、この事件を報道した。

最初は、大きく報道したのだが、やがて、報道は、小さくなっていった。

何しろ、目撃者の証言が、ないからである。

その中で、新聞は、金曜日の東京発大月行きの、最終の特別快速の車内で、ケンカがあったことを伝えた。

それによると、その最終の特別快速の、八両目の車内で、三人の男が、ホステスらしい女性に、からみ、それを、止めに入った、若い男がいた。その男が、どうやら、殺された、中村健治らしいという記事だった。

もちろん、これも、中村健治と、断定はしていなかった。

それでも、ひょっとすると、このことが、殺人事件に、関係しているのではないかと、新聞は書いていた。

その車内のケンカで、三人の男に、からまれて困ったという、ホステスらしい女性の証言も、出てこなかった。彼女も関わり合いたくなくて、逃げているのだろう。

テレビや、新聞の事件の扱いは、小さくなっていったが、依然として、八王子駅の立て看板は、そのままだった。

いやでも、朝の通勤の時、本間の目には、その立て看板が、飛び込んでくる。それが、本間の良心を揺さぶった。

6

本間は、毎朝、駅前の立て看板を、見ないようにして、通勤電車に乗り、毎日同じように、会社に通った。

休みになると、ホビールームに入り、模型のC11蒸気機関車の完成に、一心不乱になった。模型機関車を、製作している時だけが、本間にとって、心が安らぐひと時だった。

それ以外の時は、どうしても、中村のことが、引っかかってくるからである。

次の日曜日も、本間は、朝から、ホビールームにこもって、蒸気機関車の製作に、取りかかっていた。

あと三日もあれば、模型は、完成するだろう。その後は、レールを、買ってきて、庭に敷き、石炭をくべて、試運転を、してみたい。そのことだけを、本間は、考えるようにしていた。

その日も、本間は、朝から、模型の製作に、一心不乱になっていたのだが、昼近くなって、彼の携帯が、鳴った。

取り上げて、

「本間ですが？」

と、いうと、

「本間英祐さんですか？」

と、きき覚えのない、若い女の声が、きこえてきた。

誰からだろうと、思いながら、

「失礼ですが、どなたでしょうか？」

と、きくと、相手は、

「どうして、警察に、話していただけないのですか？」

と、急に、とがめるような、口調になって、いった。

「どういうことか、わかりませんが」

と、本間は、いった。

「私、死んだ、中村さんから、きいているんです。あなたが、お友だちで、通勤電車の中で、よく話をしていた。本間さんは、立派な人だと、いっていたんです。その人が、どうして、事件のことを、警察に話して、くださらないんですか？」

と、女が、いった。

本間は狼狽《ろうばい》して、

「確かに、僕は、通勤電車の中で、中村さんと一緒に、なることもありましたけど、僕は、事件とは、関係がないんですよ。事件のことは、知らないんです。だから、警察に、いうこともないし」

と、あわてて、いった。

しゃべりながら、胸の動悸《どうき》が強くなった。この女は、何を、知っているのだろうか？

「本間さん。あなたは、あの日の最終の特別快速の中で、中村さんと、一緒だったんでしょう？　それなら、八王子に、着いたその後、中村さんが犯人と一緒に、どこかへ、行ったことも、ご存じのはずです。どうして、それを、警察に、話してくれないんですか？」

と、女が、いった。

本間は、あわてながらも、

「確かに、あなたのいうとおり、僕は、中村さんとは、時々、通勤電車の中で、一緒でしたが、あの日の夜は、一緒じゃなかったんですよ。ウソじゃありません」

と、いった。

「どうして、そんなウソを、おっしゃるんですか？」

と、女は、相変わらず、とがめるように、いった。

「一緒でなかったから、そういっているだけで――」

と、本間が、いった。どうしても、語尾が曖昧に、なってしまう。

「私は、知っているんです！」

と、女は、強い口調で、いった。

「何を、知っているんですか？」

と、本間が、きいた。

「あの日、中村さんは、最終の特別快速に、乗っていたんです。その電車の中から、私の携帯電話にメールを、送ってきていたんですよ。〈今、最終の特快で、三鷹《みたか》を過ぎたところだ。八王子には、零時二十五分に着くから、一時には帰れる。それから、いつも、話している、本間さんと、珍しいことに、この電車の中で、一緒になったよ〉、中村さんは、そういうメールを、私に送ってきたんです。ですから、あなたが、中村さんと、同じ電車に、乗っていたことは、間違いないんです。あなたは、きっと、中村さんが、犯人と一緒のところも、見たに違いないんです。どうして、そのことを、警察に、話してもらえないのかと、思って」

と、女は、いった。

本間は、また狼狽した。狼狽したが、どういっていいか、わからなくなって、

「しかし、僕は、電車が、混んでいて、いつの間にか、中村さんとは、別れてしまったんですよ」

と、自分でもわかる、ヘタなウソをついてしまった。

「私は、じっと、待っていたんです」

と、急に、電話の向こうで、女は、涙声になった。

「きっと、あなたが、証言してくれると思って。でも、証言してくれなかった。それで、あなたに、連絡を取ろうと思って、必死になって、あなたの、携帯の電話番号を、調べていたんです。それが、やっと、今日になって、わかったので、今、こうやって、電話をしているんですけど、どうして、あなたは、彼のために証言してくれないんですか？」

と、女は、いった。

「だから、いっているでしょう。確かに、あの日、最終の特快で、中村さんの顔は、見たけど、その後、新宿で、どっと乗客が、乗ってきて、車内が、混雑したので、いつの間にか、中村さんの姿が、見えなくなってしまったんですよ。だから、僕は、中村さんのことは、見ていないんです」

と、本間は、いい訳を、続けた。

7

「ウソはつかないでください」

と、女は、強い調子で、いった。

「ウソなんか、ついていませんよ。僕は、何度もいいますが、車内で、中村さんとはぐれてしまって」

「でも、中村さんと、同じ車両に、乗っていたんでしょう？」

「それは、そうですが」

「それならば、中村さんは、八王子駅で降りた後、ホームで、あなたのことを、待っていたはずです。そして、一緒に、帰ろうとしたに違いないんです。あの人は、そういう人なんです。それなら、あなたは、八王子で、彼を見ているし、彼を殺した犯人だって、見ているはずなんです。お願いです。ぜひ、警察に、話してください。もし、あなたが話してくだされば、彼を殺した犯人が、見つかるかも、知れないんですから」

と、女が、いった。

「あなたに、そういわれても困るんですよ。僕だって、電車が、八王子に着いた時、ホームで中村さんを、捜したんですが、その時はもう、中村さんは、どこかに、行ってしまっていて、姿が、見えなかったんです。だから、話したくたって、いえないんですよ」

と、本間は、いった。

今になっては、何も、知らないというほか、なかった。

「これだけ、お願いしても、警察には、何も話してくださらないんですか？」

と、女が、きいた。

「ですから、何回もいいますが、中村さんを、見失ってしまったんですよ。だから、中村さんが、殺されたことも、後になって知って、びっくりしたくらいで」

と、本間が、いった。

「そうですか。じゃあ、もう、あなたには、何も、頼みません」

と、女は、急にきつぱりと、いい、電話を切ってしまった。

その直後、急に、ホビールームのドアが、開いたので、本間は、ギョッとしたが、妻の夏子が、昼食を、運んできてくれたのだった。

夏子は、盆に載せてきたサンドイッチとコーヒーをテーブルの上に、置いてから、

「蒸気機関車、もうできあがったのね。後は、庭にレールを、敷いて、走らせるだけなん

でしょう？」

と、微笑した。

「そうなんだが」

と、いったまま、本間は、まだ、電話してきた女のことを、考えていた。

「じゃあ、レールを敷いて、その蒸気機関車を走らせたら、近所のお子さんたちを呼んで、乗せてあげましょうよ。きっと喜ぶわ」

と、夏子が、しゃべっている。

それを、上の空で、ききながら、本間は、

「子供ねえ」

と、いっただけだった。

「どうしたんです？」

と、夏子が、きいた。

「何が？」

「どうかなさっちゃったの？　せっかくの、蒸気機関車のことにも、熱が、入っていないみたい。何か、おかしいわ」

と、夏子が、いった。

本間は、あわてて、

「ご覧のように、やっと、蒸気機関車が、できあがったので、少し、気が抜けているんだ。君のいうとおり、できあがって、走らせる時には、近所の子供を、集めて、乗せてあげることにしよう」

と、いった。

8

本間は、妻の置いていったサンドイッチには、手をつける気にもなれず、ぼんやりと、電話をしてきた女のことを、考え続けた。

きっと、あの女は、殺された中村健治の恋人だろう。名前もわからないが、本間のことを、恨んでいるに違いない。

これから、あの女は、どうする気だろうか？

本間のことを、警察にいうだろうか？

もし、いわれたら、どうしたらいいだろうか？

確かに、金曜日の最終の特快では、一緒だったが、八王子の駅で、はぐれたといい通すしか、仕方がない。今さら、見ていましたといっても、どうなるものでも、ない。

ただ、自分が、卑怯《ひきょう》な人間だと、思われるだけである。それに、三人の男たちも怖い。

とにかく、連中は、中村を殺しているのだ。

そう思いながらも、本間は、どうしても、女のことが、気になった。

女は、あの日の夜、中村から、携帯に、メールが送られてきたと、いっていた。

中村は、仕事柄、いつも携帯電話を、持っていたから、あの電車の中から、彼女に、メールを送ったのだろう。

しかし、そうだとすると、彼女はどうして、八王子の駅に、迎えに来て、いなかったのだろう？　恋人なら、当然、迎えに来ていたはずでは、ないか？

〈とすると、彼女は、この八王子には、住んでいないのだ〉

と、本間は、思った。だから、メールをもらっても、駅には、迎えに来ていなかったに違いない。

それで、少しは、本間も、気が楽になった。

もし、彼女が、この八王子に、住んでいるとすると、いつ、どこで、いきなり声を、かけられるか、わからない。それが、怖かった。

それに、彼女は、いきなり、この家を、訪ねて来なかった。

ということは、少しは、遠慮というものが、あったに違いない。だから、まず、本間の携帯に電話をしてきたのだろう。

とすれば、こちらが、知らぬ存ぜぬで、通してしまえば、諦《あきら》めて、くれるかも知れない。

本間は、そう考え、やっと、妻の置いていったサンドイッチに、手を伸ばした。

9

その後、彼女から、電話はかかってこなかったし、本間の前に、姿を現すことも、なかった。

事件のことも、テレビや新聞に、報道されなくなった。

しかし、八王子駅の、立て看板だけは、依然として、呼びかけを、続けていた。

その立て看板も、少しずつ、汚れていった。

本間は、事件のことを、考えるのがいやで、平日に、会社から帰ってきても、夜になると、ホビールームにこもって、C11蒸気機関車の製作を続けた。

次の日曜日には、とうとう、蒸気機関車が完成し、レールも、買ってきていたので、朝から庭に、レールを敷いていった。

昼頃には、何とか、短い区間ながら、レールを敷きつめ、重いC11蒸気機関車を、レールの上に乗せた。

人が乗れる台座に、腰を下ろし、小さなスコップで、これも、買ってきた、石炭をくべていく。罐《かま》に入れた水が、熱くなるまで、時間がかかる。それでも、二十分もすると、少しずつ、蒸気が上がって、煙突から、白い煙が、出てきた。

それでやっと、本間の気持ちも、寛《くつろ》げてきた。

〈とにかく、しばらくは、この蒸気機関車のことだけを、考えよう〉

と、本間は、思った。

チャイムホイッスルを鳴らし、

「発車オーライ！」

と、声をかけてみた。

ゆっくりと、C11蒸気機関車の車輪が回り出した。五十キロの重い模型の車輪が、動き出した。

だが、レールの長さが、短いので、発車すると同時に、ブレーキを、かけなければならない。それが、不満だったが、仕方がなかった。

とにかく、動いたことに、満足して、蒸気機関車を止めたとき、

「それ、C11ですね？」

と、いきなり、垣根越しに、男から、声をかけられた。

びっくりして、振り向くと、そこに、四十歳ぐらいの男が、立っていて、ニコニコしながら、こちらを、見ていた。

本間には、初めて見る顔だったが、たぶん、この近くに、住んでいる人では、ないだろうかと思った。

というのは、背広姿ながら、ネクタイは、していなくて、ラフな、格好《かっこう》を、していたからである。

本間も、笑って、

「僕の唯一の、道楽なんですよ」

と、いった。

「いい道楽じゃ、ありませんか？　ご自分で、お作りになったんですか？」

と、その男も、こうした模型が、好きらしく、垣根越しに、話しかけてくる。

「昔は、Nゲージなんかを、買って走らせて、喜んでいたんですけどね。そのうちに、どうしても、自分で、この大きさの、模型を、作ってみたくて、見よう見真似《みまね》で、何とか作

り上げたんです。今日が、その発車記念というわけですよ」

と、本間は、いった。

事件のことでは、ないので、本間は、気楽に話すことができた。

男は、やや、遠慮がちに、

「そちらに入ってもいいですか？」

と、いった。

「どうぞ、入って、見てください」

と、本間も、応じた。

男は、庭に入ってくると、しげしげとC11蒸気機関車に、目をやって、

「大変だったでしょう、こんな、大きなものを作るのは？」

と、いった。

「大変は、大変でしたが、自分が、好きでやっていることですから、別に、苦労とは思いませんでしたよ。逆に、自分で製図を引いたり、車輪を削り出すのが、すごく楽しくて」

と、本間は、いった。

男は、芝生《しばふ》の上に、腰を下ろすと、

「うらやましいなあ。男の、理想みたいなものですよ。あなたの、やっていることは」

と、いった。

「じゃあ、あなたも、模型を作ってみたら、いかがですか？　よければお教えしますよ」

と、本間が、いった。

「私も、鉄道が好きで、Nゲージを家の中で、走らせていますが、どうしても、物足りませんね。やはり、本物みたいな、蒸気機関車に、石炭をくべて、走らせてみたいですよ。それが、できるんだから、本当に、うらやましい。ずいぶん、時間が、かかったでしょう？」

と、男が、いった。

「まあ、一年近く、かかりました。といっても、土日の、休みだけですから。自分でも、いいものができたと思っています」

と、本間は、少しばかり、自慢をした。

「やはり、一年かかりますか」

と、男は、笑って、いい、

「そのうち、私も、ヒマができたら、あなたに教えて、いただいて、蒸気機関車を、作ってみましょう」

と、いった。

「失礼ですが、この近くにお住まいですか？」

と、本間が、きいた。

「いや、ちょっと、遠いところに、住んでいるんですが、たまたま、この近くを、通りかかりましてね。そうしたら、汽笛の音が、きこえるので、びっくりして」

と、男が、いった。

「あなたも、僕と同じような、サラリーマンに見えるんですが、やはり、今日は、会社が、お休みですか？」

と、本間が、きいた。

妻の夏子との間で、模型談義などを、してはいるが、どうしても、夏子のほうは、模型のことにあまり関心がない。もし、今、目の前にいる男が、模型マニアなら、知り合いになって、SLの話でもしたいと思ったのである。

「実は、私は、この辺に、本間英祐という人がお住みじゃないかと、思って、捜していたんですが」

と、男が、いった。

「本間英祐なら、僕ですが」

と、いうと、男は、微笑して、

「そうなんですか。これは偶然ですね。そうですか、あなたが、本間英祐さんですか」

と、いった。

「僕に、どういうご用ですか？」

と、本間が、きいた。

「実は、私は、警視庁捜査一課の、十津川《とつがわ》という者なんですよ」

と、男は、いった。

「警察――？」

と、問い返してから、本間の顔色が、変わった。

警視庁に、友達はいないから、きっと、あの事件のことで、来たに違いない。そう思ったから、狼狽したのだ。

それでも、本間は、無理に、笑顔を作って、

「僕は、警察には、知り合いが、いないんですが」

とだけ、いった。

「そうですか」

と、男は、ニコニコしている。

「どんなご用で、いらっしゃったんですか？」

と、本間のほうから、きいた。

「実は、九月五日の夜、この八王子で、殺人事件がありましてね。私は、その捜査に、あたっているんですが、いっこうに、捜査が進まないんですよ。何しろ、目撃証言がありません。困っていたら、昨日突然、捜査本部に、手紙が、届きましてね」

と、相手は、いった。

「手紙って、何ですか？」

と、本間が、きいた。

「これなんですがね。見てください」

と、いって、十津川と、名乗った男は、ポケットから、一通の封書を取り出して、本間に、渡した。

表には、

〈八王子警察署内　捜査本部刑事様〉

となっている。差出人の名前はない。

かすかに、震える手で、中の便箋を、取り出すと、そこには、たった一行、こう書かれていた。

〈八王子の殺人事件のことで、八王子に住む、本間英祐さんに、話を、きいてください〉

十津川という刑事は、

「いたずらかも、知れないと、思いましたがね。今もいいましたように、捜査が、壁にぶつかっているので、少しでも手がかりになるのではないかと思って、こうして、あなたを、捜していたんですよ。この手紙に、何か、心当たりは、ありませんか？」

と、いった。

「まったく心当たりは、ありませんが」

とだけ、本間は、いった。

「この手紙ですがね。どう見ても、女性の手紙のように、見えるんです。いかがですか、そうは、思いませんか？」

と、十津川は、きいた。

「そうかも、知れませんが、僕には、今もいったように、何の、心当たりもないので」

と、本間は、いった。

「そうですか。あの殺人事件で殺されたのは、中村健治という、二十五歳のサラリーマンなんですが、その中村さんについては、何かご存じでは、ありませんか？」

と、十津川が、きいた。

本間は、その顔色を、見た。どうやら、この刑事は、いきなり、ここに、来たのではなくて、いろいろと、本間のことを、調べてから、来たに違いない。そのくらいの察しは、ついた。

だから、ここで今、中村健治について、何も、知らないといえば、かえって、疑われてしまうだろう。そう思ったから、本間は、覚悟を決めて、

「実は、中村さんとは、通勤電車の中で、知り合ったんです」

と、いった。

「そうなんですか。そういう、お知り合いですか」

と、十津川という刑事は、とぼけた顔をした。

〈やっぱり、自分のことを、調べてから、来たんだ〉

と、思いながら、本間は、

「中村さんは、四谷の営業所に、勤めていらっしゃる方で、朝は、同じ電車で、通勤しているんですよ。だから、自然に、知り合いになりましてね。しかし、中村さんのことについては、それ以外のことは、知らないんですよ。彼の家族のことも、知りませんし、彼がどこに、住んでいるのかも、知らないんです。僕は、東京まで、行っていますから、八王子から四ツ谷までの、車内での、友人というだけで、朝の通勤では、一緒になることが多いのですが、帰りは、別々ですし」

と、本間は、いった。

「あの事件ですが、中村さんは、最終の特別快速に、乗ってきて、八王子で、誰かと、ケンカになり、それで、殺されたと、思われるのですよ。ひょっとすると、本間さんも、その電車で、中村さんと、一緒だったんじゃありませんか？」

と、十津川は、きいた。

その言葉で、本間は、また、迷ってしまった。自分が、あの日、中村健治と一緒の電車に乗っていたことを、この刑事は、本当に知らないのだろうか？

ひょっとすると、知っていて、わざと、知らない振りをして、きいているのかも、知れない。勘《かん》ぐれば、いくらでも勘ぐれる。

だから、ここは正直に、話したほうがいいだろうと思い、

「実は、同じ電車に、乗っていたんです」

と、いった。

十津川という刑事は、大げさに、

「そうですか。それは知りませんでしたね。これで少し、捜査が、進展するかも知れませんね」

と、驚いてみせた。

第二章　恐怖

1

いつもの通り、本間が、朝、出社すると、いきなり、人事部長の辻《つじ》に、呼ばれた。

人事部長に、呼ばれるというのは、そうそうあることではない。それに、今は、人事異動の季節でも、なかった。

(何だろう)

と、首をかしげながら、人事部長室に行くと、辻は、微笑しながら、本間を迎えた。

辻は、本間の大学の先輩だった。その縁で、結婚式にも、出てもらっている。

「まあ、座りたまえ」

と、辻が、にこやかに、いい、

「奥さんは、どうしているかね？」

と、きいた。

「元気でおりますが」

と、本間は、神妙に答えた。

「確か、奥さんは、もうすぐ、子供が生まれるんじゃなかったかね？　そうきいたんだが」

「現在、五ヵ月になります」

と、本間が、答えた。

答えながらも、

（そんなことで、わざわざ、呼ばれたのか？）

と、本間は、首をかしげていた。

「そうか。今、五ヵ月か。今、いちばん大事な時期じゃないか。大事にしてやれよ」

「大事にしておりますが」

と、本間は、まだ、辻部長の真意が、飲み込めなかった。

「君は、真面目《まじめ》な男だから、安心しているんだが、いや、安心して、いいんだろうね？」

と、辻が、きいた。

「何のことでしょうか？」

「家庭のことだよ。何をやるにも、家庭が第一だ」

と、また、辻は、意味不明なことを、いった。

返事のしようがなくて、本間が、黙っていると、

「実は、昨日の午後、若い女性が、君を訪ねてきた。いや、正確にいえば、君のことで、人事部長の私に、会いに来た」

と、辻が、いった。

「昨日の午後ですと、私は、営業のために、外に出ておりましたが」

と、本間は、答えた。

「いや、君に会う必要は、なかったんだ。ただ、私に会いに来て、君のことを、いろいろときいていった」

「どういう女性でしょうか？」

と、本間が、きいた。

「二十五、六歳で、松田裕子《まつだゆうこ》という名前なのだが、この名前に、心当たりはないかね？」

と、辻が、きいた。

「まったく、知りませんが」

「そうか。それなら、いいんだ。とにかく、その女性が、私に会いに来て、君のことを、根掘り葉掘りきくんだよ。君の性格とか、君の家庭がどうなっているかとか、奥さんは、どういう人かとか、子供は、いるのかとかね」

「私には、まったく、心当たりがありませんが、その女性は、なぜそんなことを、部長に、きくんでしょうか？」

「私にも、もちろん、わからん。ただ、君に、関心があることだけは、確かだよ」

「もし、部長が、私が、浮気をしていると、お思いになるのなら、そんなことは、ありません。私は、家内と、結婚してから、浮気をしたことは、ございません」

と、本間が、いった。

「それはわかっている。もし、その女がだね、君と、浮気をしたとすれば、君のことを、知っているはずだ。それが、何も、知らないように、感じられた。知らないで、君のことを、知りたがっている。そういう感じだからね」

と、辻が、いった。

本間は、電話をかけてきた、女のことを、思い出した。殺された、中村健治のことで、本間を、非難するような電話を、かけてきた女のことである。

あの時の女が、今度は、会社の人事部長に、会いに来たのでは、ないだろうか？

「何か、心当たりがあるのかね？」

と、辻が、本間の顔を、のぞき込んだ。

本間は、あわてて、

「いえ、まったくありません。何か、濡《ぬ》れ衣《ぎぬ》を、着せられているようで、不愉快なものを、感じたものですから」

と、いった。

「たぶん、あの女は、君を、どこかで見て、好きにでも、なったんじゃないのかなあ。それで、勝手に、ストーカーみたいな行為を、始めたんじゃないだろうか？」

と、辻は、いった。

「私のことについて、部長は、どんなふうに、お答えに、なったのですか？」

と、本間が、きいた。

「真面目な社員で、会社としては、期待しているとだけ、いって、おいたよ。君の家庭のことも、話さなかったし、奥さんのことも、いっていない。だから、安心したまえ」

と、辻は、いった。

「それならば、安心なんですが」

と、本間は、いい、

「ありがとうございます」

と、一応、礼をいった。

「君の成績を、調べたんだが、営業成績もいい。次の人事異動では、おそらく、課長に、昇進するだろう。これは、約束する。それに、間もなく、子供が、生まれるじゃないか。慎重の上にも、慎重を、期してほしい。まあ、君のことだから、信頼しているがね」

と、辻は、いった。

「大丈夫です。仕事の上でも、私生活でも、ミスは致しません」

と、本間は、自分に、いいきかせるように、いった。

「それをきいて、安心したよ。それだけなんだ。ご苦労さん」

と、辻は、いった。

2

自分の席に、戻ってからも、本間は、落ち着かなかった。

間違いなく、人事部長に、会いに来た女というのは、死んだ中村健治の、恋人だろう。

昨日は、ただ、本間のことを、きいただけで、帰っていったらしいが、そのうちに、九月五日の事件のことについて、部長に何か、いうかも知れない。

（卑怯なことをする社員を使っていて、いいんでしょうか？）

そのくらいのことをいいかねない。

もちろん、本間は、否定するつもりだが、自分のことについて、会社に、暗いウワサが、流れるのが怖い。

そんな思いが、その日、新宿で途中下車して、なじみのバーに、飲みに寄らせたのかも知れない。

雑居ビルの、地下にある店だった。五十代のママが、若いホステスと二人で、やっている小さな店である。

いつものように、本間は、カウンターの隅で、飲み始めた。それほど、飲めるほうでもないし、こういうところで、大声を出して、騒ぐほうでもない。友達と一緒でない時は、黙って、一人で、飲んでいることが多い。

そのうちに、ふと、本間は、自分に、向けられている視線に、気づいた。

さっきから、店の入り口近くに、腰を下している男が、こちらを、見ているのだ。

三十歳くらいの男である。

二人の間には、もう一人、中年の男が、腰を下していて、その男は、ママと、おしゃべりをして、時々、笑い声を、立てている。

問題の男は、じっと、本間を見つめている。いやでも、その視線が、気になった。

本間は、なるべく、その男のほうを、見ないようにしていた。もともと、ケンカは、嫌いだし、因縁《いんねん》をつけられるのも、怖い。

そのうちに、急に、男は、立ち上がって、こちらに、向かって、歩いてきた。

男は、本間のそばまで来ると、

「おい!」

と、声をかけてきた。

本間が、カウンターに、座ったまま、男を見ると、

「俺にガンを、つけやがったな。どういう了見だ?」

と、男は、押し殺したような声で、いった。

「僕は、何もしていませんよ」

と、本間が、いった。

明らかに、因縁をつけてきたのだ。困ったなあという思いと、怖さが、彼の声を、少し震わせていた。

「ずっと、俺にガンをつけてやがったじゃないか? どういう了見かって、きいているん

だ」

と、男が、ふたたび、押し殺したような声で、いった。

「それ、何かの誤解ですよ。僕は、何も見ていませんよ」

「いや、見ていた。俺のどこが、気に入らないんだ？」

と、また、男が、いった。

「本当に、見ていないんですよ。何かの誤解ですよ」

と、いっている中《うち》に、本間は、その男の顔に、どこか、見覚えがあることに、気がついた。

あの男だった。

中村に、因縁をつけていた、三人の男の中の、一人なのだ。

そう思うと、急に、身体に、震えが来た。

カウンターの中にいたママが、こちらの、気配《けはい》に、気がついたのか、

「ちょっと。この店で、面倒なことは、お断りよ」

と、声を、かけてきた。

男は、ママに向かって、

「いや、何でもないんだ。この人とは、ちょっとした、知り合いでね」

と、いってから、視線をまた、本間に戻して、急にニヤッと、笑った。

「足が、震えているじゃないか」

と、男が、いった。

確かに、本間の左足は、いつの間にか、小刻みに、震えてしまっている。それを見て、男が笑ったのだ。

「いいか、面倒なことを、起こすんじゃないぞ。今日は、何もしないが、妙なことをしたら、殺すぞ」

と、それも、低い声でいって、男は、金を払って、店を出ていった。

ママが近寄ってきて、

「何かあったの？」

と、声をかけてきた。

「いや、何でもないんだ」

と、いいながら、本間は、震えている左足を、必死で、手で押さえていた。

足が震えているのを気づかれたら、みっともない。羞《はずか》しい。

手で、押さえているうちに、やっと、震えが止まってくれた。

「今の男だけど、よく、この店に来るの？」

と、本間が、ママにきいた。

「いえ、初めてだけど、お友達じゃ、なかったの？」

と、ママが、きいた。

「いや、昔、一度だけ、会ったことのある人なんだ」

とだけ、本間は、いった。

本間は、すっかり、酔いが醒《さ》めてしまった感じで、店を出たのだが、あの男が、店の外で、待ち伏せをしているのではないかと、思って、用心深く、周囲を、見回した。

とにかく、怖かった。

まだ新宿は、宵《よい》の口《くち》という感じで、人のざわめきが、通りにこだましている。それでも、本間は、もう、飲む気が、しなくなって、まっすぐ、駅に向かった。

帰宅したあと、男のことは、妻の夏子には、いわなかった。心配を、かけたくなかったし、自分の応対が、男として、羞しかったので、それを、きかれるのが、嫌だったのだ。

次の日曜日まで、あの男が、現れることもなかったし、松田裕子という女が、現れることもなかった。

日曜日になって、妻の夏子が、買物に出かけ、本間はまた、庭で、完成した、模型の蒸気機関車を、いじっていた。

石炭をくべ、蒸気を沸かしたり、汽笛を、鳴らしたりしていると、妙に、落ち着くからだった。

そんな作業を、繰り返していると、急に、

「本間さん」

と、声をかけられた。

目を上げると、垣根の向こうに、先日現れた、十津川という警部が、立っていた。

(またか)

と、思い、本間は、気が重いながらも、立ち上がって、自分の方から、

「確か、十津川さんでしたね？」

と、声をかけた。

「ああ、覚えていてくださったんですか。警視庁の十津川です」

と、相手は、丁寧にいってから、

「いいですね。あなたの姿を見ていると、本当にうらやましくなりますよ。男の夢だ」

と、いった。

「何の、ご用でしょうか？」

と、本間が、切り口上で、いった。

「あなたに、またかと、うるさがられるのは、承知で来たんですが、例の九月五日に、起きた殺人事件のことなんですよ。今、鋭意、捜査をしているんですが、どうしても、犯人がみつからなくて」

と、十津川は、いった。

「それは、大変だと、思いますが、僕は、何も、協力できませんよ。容疑者のことは、まったく、知らないんですから」

と、本間は、いった。

「そうでしたね。確か、先日のお話では、あの日、同じ最終の特快には、乗っていたが、車内では、中村さんと一緒ではなかった。八王子の駅でも、中村さんとは、会っていない、そうおっしゃって、おられましたね」

「そうですよ。本当のことを、いっているんです。もし、僕が、中村さんを殺した人間を、見ていれば、すぐに、警察に知らせますよ」

と、本間が、いった。

「失礼ですが、本間さんは、松田裕子という名前に、ご記憶は、ありませんか？」

と、十津川が、きいた。

3

「知りませんが、それが、どうかしたんですか？」

と、本間は、ドキッとしながら、きいた。

「先日、どんなお話をしましたっけね。確か、殺された、中村さんのことについて、捜査本部に、手紙が来たと、お話ししたんじゃなかったですか？」

と、十津川は、わざと、忘れた振りをしていっているのかも、知れなかったが、そんな、いい方をした。

「そうですよ。そういうお話を、おききしましたが」

と、本間は、いった。

「実は、死んだ中村健治さんには、同じ歳の恋人が、いたんですが、彼女について、中村さんから、きいていませんか？」

と、十津川が、きいた。

「いいえ、全然知りませんが、その恋人というのが、松田裕子さん、なんですか？」

「そうなんです」

「僕は、その人に、会ったこともありませんが」

と、本間が、いった。

「そうですか。中村さんの、恋人については、ご存知なかったんですか?」

「どうも刑事さんは、僕と、中村さんの関係を、誤解していると、思うんですよ。僕はただ、たまたま、通勤電車の中で一緒になっただけの話で、親しいつき合いでは、ないんです。だから、その中村さんに、どんな、恋人がいたのか、僕が知らないのも、当然でしょう?」

と、本間は、いった。

「確かに、その通りです。失礼しました。こちらとしては、被害者のことについて、いろいろと、調べていたところ、その中で、松田裕子という、恋人の名前が、出てきたんですよ。それで、彼女に、話をききに明日にでも、会いに行こうと、思っているんです。何か、彼女に、伝言はありませんか?」

と、十津川が、きいた。

「今もいったように、中村さんとは、それほど、親しくなかったし、恋人が、いることも、知らなかったんですよ。ですから、伝言といわれても、困りますね。おくやみをいっておいてください」

と、本間は、いってから、やはり、その女のことが、気になって、

「その人は、どこに、住んでいるんですか？」

と、きいた。

「練馬《ねりま》区の石神井《しやくじい》に、住んでいるのですが、中村さんの友人の話では、何でも、来春には、結婚する、予定だったそうですよ」

と、十津川は、いった。

「十津川さんは、捜査本部に来た、匿名の手紙の差出人が、その松田裕子さんだと、思っているんですか？」

と、本間は、きいた。

「あの手紙は、先日も、お話ししたように、匿名でしてね。どこの誰かも、わからないんです。本間さんは、どうして、中村さんの恋人が、その手紙を、書いたと思うんですか？」

と、十津川は、カマをかける感じで、きいてきた。

（まずいことをいったな）

と、本間は、思いながらも、

「ただ何となく、そう思っただけですよ。とにかく、僕は、九月五日のことについては、

何も、知らないんです。だから、これ以上、刑事さんに、来られても何の役にも立てませんよ」

と、いった。

「そうですか。わかりました。どうも、お楽しみのところを、お邪魔して、申し訳ありませんでした」

と、いって、十津川は、やっと、去っていった。

その日、夕食の時、本間は、妻の夏子と、めったにしない、夫婦喧嘩を、してしまった。

食事をしながらも、本間は、松田裕子という女性のことや、十津川という刑事のことが、気になって、つい、上の空で、妻に対して、生返事をしていた。

それで、妻の夏子が怒り出し、また、それに対して、本間が、怒ってしまったのである。

本間は、怒っている妻に、謝《あやま》るようにして、

「どうだ、二、三日、休暇を取って、旅行に行こうと思うんだが、一緒に、行かないか？」

と、誘った。

「仕事が、忙しいんじゃないんですか？」

と、夏子が、いう。

「ここんとこ、ずっと、休暇を取っていないから、二、三日休んでも、誰も、何もいわないだろう。土日の旅行は、混んでいるから、明日から三日間、休暇を取って、東北の温泉にでも、行こうじゃないか？」

と、本間は、いった。

「本当に、会社のほうは、いいんですか？　大丈夫なら、温泉旅行も、いいけど」

と、夏子が、応じてくれた。

「とにかく、明日、会社に、電話をかけて、三日間、休暇を取る。それで、温泉に、行こうじゃないか。山形あたりの温泉がいいな」

と、本間は、いった。

怒らせてしまった妻への、ご機嫌取りもあるが、彼自身、三日間だけでも、東京を、逃げ出したかったのだ。

翌日、本間は、会社に電話して、三日間の休暇願を出し、夏子を、連れて、山形新幹線に乗って、天童《てんどう》温泉に、向かった。

車内でも、本間はやはり、バーで、脅かされた、男のことが気になって、自然と、車内を、見回してしまった。

だが、グリーン車の中には、あの男の姿はなく、ホッとした。

天童に着くと、予約しておいた、ホテルに入った。

久しぶりの妻と二人の温泉旅行だった。とにかく、ここにいる間は、事件のことも、男のことも、それに、松田裕子という女のことも、忘れてしまいたい、本間は、そう思った。

その二日目のことだった。

夏子が、土産物を、買いに、一階の店に行ってしまった後、本間が、廊下の籐椅子に、腰を下して、ぼんやりと、外の景色を、見ていると、携帯が鳴った。

てっきり、会社からだと思い、

「本間ですが？」

と、いうと、

「本間さんだね？」

と、男の声が、いった。

その声に、きき覚えが、あった。

あの新宿のバーで、本間を、脅かした男の声だった。

ギョッとして、電話を切ろうとしたが、切るのも怖くて、本間は、

「何ですか？」

と、きいた。

「いいか」

と、男が、いった。

「いいか、俺たちは、ずっと、あんたのことを、見張っている。その携帯の番号だって、こちらで、ちゃんと調べたんだ」

「だから、何もいっていないじゃ、ないですか？」

と、本間が、いった。

「事件のことだって、警察には、何もいっていないし、第一、僕は、あんたたちのことを、見ていないんですよ」

また少し、声が、震えてしまっている。それが、わかるだけに、情けない。

「そうだ。それでいいんだ。それでいいんだよ」

と、男は、繰り返した。

「これからも、九月五日のことに関しては、一切、何もいうな。黙っていれば、俺たちも、何もしない。しかし、もし、警察に、何かをしゃべろうとしたら、この間も、バーでいったように、あんたを、殺すからな。いや、あんただけじゃない。あんたの、可愛い奥さんだって、殺してやる。それを、忘れなさんなよ」

と、男が、いった。

「僕は、だから、何もいわないと、いっているじゃないですか」

「それでいいんだ。お利口《りこう》さんにしていろよ」

と、いって、男は、電話を切った。

本間は、自分の血の気《ちけ》が、引いているのがわかった。

連中は、自分のことを、調べている。

この、携帯電話の番号だって、どうやって、調べたのかはわからないが、ちゃんと知っているではないか？　そして、連中は、じっと、自分を、見張っているらしい。

どうしたらいいのだろうかと、考えたが、いい考えは、浮かんでこなかった。

とにかく、黙っていれば、連中は、何もしないだろう。そのことだけが、今の本間の頭を、占領していた。

しばらくして、夏子が、買物を、終えて、ご機嫌で部屋に戻ってきた。

天童名産だという、果物などをテーブルに、並べながら、

「この天童って、将棋だけかと、思ったら、果物の名産地なのね」

と、嬉しそうに、いっている。

本間が、

「そうらしいね」

と、生返事をすると、

「どうしたの？　あなた、ちょっとおかしいわよ」

と、夏子が、いった。

「別に、何でもないよ。何でもないんだ」

「でも、おかしい。ひょっとして、死んだ中村さんのことを、まだ、気にしているんじゃないの？」

と、夏子が、いった。

ここで中村のことをいえば、また、妻が、心配するだろう。

（すべて、自分の胸にしまって、黙っていたほうがいい）

と、思いながらも、本間は、やはり、誰かに、きいてもらいたくて、

「実は、そうなんだ。とにかく、何回か通勤電車の中で、一緒になっていた、人のことだからね。やはり、どうしたって気になるんだ」

と、夏子にいった。

「でも、あなたは、事件とは、何の関係も、ないんでしょう？」

と、夏子が、強い調子で、いった。

「もちろんだよ。僕は、中村さんを殺した犯人について、何も知らないし、先日来た刑事

にも、知らないと、いっているんだけどね。それでも、いろいろと、しつこくきかれるんだ。それで、困っているんだよ」

と、本間は、いった。

「困ることは、ないじゃないの」

と、夏子は、またも強い調子で、いった。

「あなたは、中村さんを、殺した犯人について、何も、知らないんでしょう？　だったら、それでいいじゃないの。何回きかれたって、知らないといえば、いいのよ。そのうちに、みんな、事件のことなんて、忘れてしまうわ」

本間には、こんな、夏子の気の強さが、うらやましい。

「ほかに、何か、心配事があるの？　何かあるなら、この際、全部話してちょうだい」

と、夏子が、更に、いった。

「それなんだがね――」

と、本間は、語尾を、濁《にご》した。

「それが、あなたの、いけないところ。私を心配させまいとしているのかも、知れないけれど、時々、黙ってしまうでしょう？　そうすると、私のほうも、不安になるの。間もなく、子供ができるんだし、何か、悩んでいるのなら、全部話してちょうだい」

と、夏子が、いった。

本間は、しばらく考えてから、

「実は、死んだ中村さんには、恋人が、いたんだ」

と、いった。

「中村さんって、独身だったんでしょう？　だったら、恋人が、いたっておかしくはないわ。それが、どうかしたの？」

「実は、その恋人なんだがね。名前は、松田裕子というらしい。彼女は、なぜか、僕が、中村さんを、殺した犯人を、見ていると、思い込んでいてね。警察に、そのことを、話したりしているらしいんだ」

「ああ、わかった。それで、警察がウチを、訪ねて来たのね」

と、夏子が、いった。

「そうなんだ。僕が、いくら知らない、犯人は、見たことが、ないといっても、刑事というのは、しつこくてね。なかなか、信じてくれないんだよ」

「どうして、そう弱気になるの？　あなたは、見ていない。それなら、それで、押し通してしまえば、いいじゃないの？」

と、また、夏子は、強い調子で、いった。

その後で、夏子は、

「その松田裕子さんという人、どういう人なのかしら？」

と、きいた。

「僕は、見たことが、ないんだ。中村さんからも、きいたことは、なかった。ただ、刑事が、中村さんのことを、調べていて、彼女のことがわかったらしい。何でも、同じ歳で、練馬区の石神井の、マンションに住んでいるらしいんだが、ひょっとすると、その女が、僕の留守の間に、君を、訪ねてくるかも知れない」

と、本間は、いった。

「どうして、私を訪ねて来るの？」

と、夏子が、きく。

「今もいったように、その女性は、僕が、犯人を見ていると、思い込んでいるんだよ。それで、僕に、警察で証言してくれと、いっている。僕が、応じないものだから、ひょっとすると、君に会いに来て、(あなたから、ご主人を説得してくれ)というかも知れないんだ。今、急にそれが、心配になってね」

と、本間が、いった。

「別に、何も、心配することは、ないじゃないの。そんな女が、訪ねて来ても、私は、こういってやるわよ。ウチの主人は、何も、見ていないんだから、もうこれ以上、主人を、悩ませないでちょうだいって。私が、きっぱりと、いってあげる」

と、夏子は、いった。

三日間の、温泉旅行を終えて、東京に帰り、また、中央線での通勤が、始まったが、やはり、本間は、落ち着かなかった。

東京に帰って、二日目のことだった。

仕事を終えて帰宅すると、夏子が、いきなり、

「来たわよ」

と、本間に、いった。

4

「来たって、何が?」

と、本間は、わかっていながら、それでもきいてみた。

夏子は、声を低くして、

「あなたがいっていた、女の人よ。松田裕子とかいう若い娘さん」

「それで、どうなったんだ？」

と、本間が、きいた。

「あの娘さん、ちょっと、頭がおかしいんじゃないのかしら。とにかく、私に向かって、(ご主人を説得して、中村さんを、殺した犯人について、知っていることを、警察に話すようにいってください)って、そればかりを、何度も繰り返すのよ」

と、夏子は、いった。

「それで、君は、何といったんだ？」

「こういってやったわ。あなたの、気持ちは、よくわかりますけど、ウチの主人は、中村さんと、お友達といっても、通勤電車の中で、時々一緒になる程度の知り合いで、だから、さほど親しくもなかったし、あなたのことも、知らなかったんですよ。それに、事件の日のことですけど、主人は、中村さんと、一緒じゃなかったし、だから、何も知らないといっているんですよ。警察にも、それをいってありますって、そういってやったわ」

と、夏子は、いった。

「それで、彼女は、どういったんだ？　納得したのか？」

と、本間が、きいた。

「だから、あの娘さん、ちょっと、頭がおかしいっていっているの。私が、いくらちゃんと話しても、（ご主人が犯人について、何か、知っている筈だ）と、その一点張りなのよ。話しているうちに、だんだん、腹が立ってきて、最後には、ケンカに、なってしまったけど」

と、夏子は、いった。

「また、ここに、来るだろうか？」

と、本間は、不安になって、きいた。

「さあ、どうかしら？　何回来たって、同じことだけど」

と、夏子は、平気な顔で、いった。

「その松田裕子という、娘さんだけど、どんな人だった？」

と、本間が、きいた。

「そうね。普通の娘さんに、見えたけど、今もいったように、ちょっとおかしいの。どうして、あんなに、信じられるのか、わからない。それとも、あなた、九月五日の夜、中村さんを殺した犯人を、見てるの？」

と、夏子が、きいた。

本間は、あわてて、首を横に振って、

「僕が知っているわけがないじゃないか。本当に、見ていないんだよ。知らないんだ。だから、誰にだって、僕は、知らないといっているんだ」

と、繰り返した。

「じゃあ、それで、押し通しなさい。万が一、見ていたとしても、今からじゃあ、もう手遅れよ。何も知らない、それで、押し通せば、済んでしまうわ。事件のことだって、すぐに、忘れられちゃうから」

と、夏子が、いった。

「僕も、そう思っては、いるんだが」

「何が、大事だといって、私たちの生活が、いちばん大事。間もなく、あなたは、パパになるのよ。子供のことも、家庭のことも、よく考えてちょうだいね。変な正義感から、家庭をメチャクチャにしないで、欲しいの」

と、夏子は、怖い目で、本間を見た。

その翌日、会社で、仕事をしていると、受付から、

「本間さんの、お友達という方が、訪ねていらっしゃいましたので、応接室に、お通ししておきました」

と、知らせてきた。

「友達って？」

と、きくと、

「十津川さんとおっしゃっていらっしゃいますが」

と、受付の女の子が、いった。

途端に、本間は、憂鬱《ゆううつ》になった。

(十津川は、二回も、自宅を訪ねて来ている。それが、今度は、会社に、来たのか)

そう思いながらも、相手が、刑事では、断るわけにもいかず、課長に、

「友人が、訪ねて来ていますので、ちょっと、会って来ます」

と、いって、一階に、降りていった。

応接室に入ってみると、あの十津川警部が、立ち上がって、小さく、頭を下げた。

十津川は、ほかに、四十代の刑事を、連れていて、亀井《かめい》刑事だと、紹介した。

「それで、今日は、いったい、何なんですか？　何回きかれても、僕は、事件のことについては、何も知りませんよ」

と、本間が、十津川に向かって、いった。

十津川は、穏やかに、

「それは、よくわかっているんですが」

と、いった。

「わかっているのなら、どうして、会社まで、押しかけて、来るんですか？」

と、本間は、声を荒らげた。

「実は、問題が、起きまして」

と、十津川は、思わせぶりに、いった。

「いいですか、事件のことなら、僕は、何も、知らないんです。ですから、何をきかれても、お答えのしようが、ありませんよ」

「実は、松田裕子さんが、いなくなりましてね」

「松田裕子さんって、例の中村さんの、恋人の？」

と、本間が、きいた。

「そうなんですよ。実は、今日、松田裕子さんから、話をきこうと思って、練馬区石神井のマンションを、訪ねたのですが、昨日から、いなくなっているというんですよ」

と、十津川が、いった。

「そのことと僕が、どう関係が、あるんですか？　僕は正直にいって、その人とは、会ったことも、ないんですよ」

と、本間は、これは、事実だから、強い調子で、いった。

「それは、きいています。彼女はですね、フリーターで、近くの町工場で、経理の仕事を

していないし、マンションからも、いなくなっているんです。それで、心配になりましてね」

と、十津川は、いった。

「いなくなったのは、僕の責任では、ないでしょう？　何回も、いいますが、僕は、彼女と会ったことも、ない。石神井のマンションに、住んでいるのだって、刑事さんが、教えてくれたから、知ったんですよ。第一、亡くなった中村さんに、恋人がいたなんていうのも、知らなかったんです。ですから、その人が、いなくなったからって、どうして、僕に、ききに来るんですか？」

「必死に、探しているんですが、見つからないんです。いろいろときいて、回ったんですが、彼女のことを、知っている人が、いないんです。それで、切羽詰《せっぱつま》って、本間さんを、訪ねて来たんですけどねえ。やはり、ご存知ありませんか？」

と、十津川が、いった。

「僕が知っているわけが、ないじゃないですか」

と、本間が、いった。

それまで、黙っていた、亀井という刑事が、

「しかしねえ、本間さん。松田裕子さんは、九月五日の事件について、あなたが、犯人を

知っているんじゃないか、そう思って、いたんですよ。彼女は、あなたの、この会社にも、あなたのことをききに、来たそうじゃありませんか？　ですから、われわれが、彼女について、あなたが、何か知っているんじゃないかと、思っても、当然じゃありませんか？」

と、いった。

「彼女が、ここに来たって、誰に、きいたんですか？　人事部長ですか？」

と、本間が、いった。

「そうです。電話で、おききしています」

と、十津川が、いった。

「そのことで、ずいぶん、迷惑を、しているんですよ。彼女が、これ以上、僕に迷惑を、かけるなら、告訴を、したいぐらいの気持ちで、いるんです。こんなことを、いうと、刑事さんたちは、疑い深いから、僕が彼女を、どうにかしたんじゃないかと、思うかも知れませんが、僕は、一度も、彼女に会っていないんです。マンションにも、行ったことはない。彼女が、いなくなったのだって、今、初めてきいたんです。ですから、ほかを、探してくれませんか？　僕にいくらきいても、答えようがありませんよ」

と、本間が、いった。

「そうですか。ご存知ありませんか？」

と、十津川が、小さく、いった。

「その松田裕子さんですが、郷里は、どこなんですか？」

と、本間は、きいてみた。

「確か、四国の高知だと、きいていますが」

と、これは、亀井が、いった。

「それなら、郷里に、帰ったんじゃありませんか？　恋人の中村さんが、死んだので、もう東京にいても、仕方がないから、郷里に、帰ったんだと、思いますがね」

と、本間が、いった。

「そう考えたいんですが、マンションには、家財道具も、身の回り品も、全部置いてありますからね」

と、十津川が、いい、亀井刑事が、

「高知の実家にも、電話をしてみましたが、帰って、いないんですよ」

と、いった。

「とにかく、僕は、何も知らないんです。ですから、これ以上きかれても、困りますね」

と、本間は、いった。

二人の刑事が、帰った後、本間は、人事部長の辻に、呼ばれた。

あわてて、人事部長室に行くと、直接の上司の営業部長の片岡《かたおか》も、一緒だった。

辻のほうは、今日は、ニコリともしないで、

「警視庁の刑事が、来ていたそうだね」

と、いった。明らかに、不機嫌だった。

「そうなんですが、こちらとしても、迷惑しています」

と、本間は、いった。

「今日は、何の用で、刑事が君を、訪ねて来たのかね？」

と、辻が、いった。

「それなんですが」

と、本間は、いいよどんだ。

しかし、ウソをついたら、かえって、マズくなるだろう、そう思って、

「実は、先日、部長に、会いに来た松田裕子という女性の件なんですが、その女性が、失《しっ》踪《そう》したそうなんです」

と、いった。

「その失踪と、君と、どういう関係に、あるんだ？」

と、営業部長の片岡が、きいた。こちらも、笑っていない。

「何も関係ないんです。それなのに、あの刑事たちは、僕が、彼女の行き先を、知っているんじゃないかと思って、訪ねて来たんですよ。ですから、まったく、知らないといって、すぐに追い返しました。おそらく、もう来ないと思います」

と、本間は、いった。

「それなら、いいんだがね」

と、営業部長の片岡が、いい、続けて、

「どうも、最近の君の様子を、見ていると、気になることがあるんだ。このところ、君の営業成績が、上がっていない。何か理由があって、落ち込んで、いるんじゃないか？ それなのに、三日間も、休暇を取っている。ウチの会社としては、今が、いちばん大事な時なんだ。ヘタをすれば、この業界で、遅れを取ってしまう。そんな時、君の営業成績が、下がっているのは、どういうわけなのかね？」

と、きいた。

「別に、わけは、ございません。これから、成績を上げていくつもりでいますから、見守っていて、いただきたいと、思います」

「しかしだね、君のいる営業三課は、全体として、成績が上がっているんだ。それなのに、成績が、下がっているのは、君だけなんだよ。将来、営業課長に、なろうという、わが社のエリートが、こういうことでは、困るんじゃないのかね？」

と、片岡が、叱るように、いった。

「いえ、大丈夫です。これからは、契約も、十分に、取れると確信しています。三日間だけ、休暇をいただいたのも、今、家内が、身重で、少し、気晴らしをしたいと、思って、温泉に連れて行ったからなのです。もう、家庭のことも、心配ありませんから、これからは仕事のことに、集中するつもりで、おります。ですから、ご安心ください」

と、本間は、必死に、いった。

「それなら、いいんだがね。上司として、私は、君に大いに、期待をしているんだ。それが、ここに来て、急に営業成績が、落ちているんで、心配しているんだよ。私に心配させないで、欲しいね」

と、片岡が、いった。

人事部長の辻のほうは、

「私からも、確認するが、あの松田裕子という女性は、君とは、ゴタゴタを起こさないんだろうね？　それは、確約できるんだろうね？　何しろ、ウチのような会社は、信用が、第一だからね」

と、念を押すように、いった。

「大丈夫です。もう、何も、ご迷惑をかけることは、ないと思います」

と、本間は、いった。

しかし、次の日曜日、また、十津川が、一人で、八王子の、本間の家を、訪ねて来た。

この日も、妻の夏子は、買物に出かけていたから、彼女が買物に行くのを、見計《みはか》らって、訪ねて来たらしい。

本間は、相変わらず、模型の蒸気機関車をいじっていた。

「会社をお訪ねしようかとも、思ったんですが、これ以上、あなたに、ご迷惑をおかけしてはいけないと思って、日曜日に、こうしてお邪魔しました」

と、十津川は、恩を売るような、いい方をした。

本間は、わざと、模型のC11の罐《かま》に、石炭をくべながら、

「今度は、何の用ですか？」

と、切り口上で、きいた。

模型の罐が、温まって、煙突から、白い蒸気を吹き出している。汽笛の紐《ひも》を、引っ張ると、鋭い汽笛が、鳴った。

「こりゃあ、いい。本物そっくりじゃないですか」

と、十津川が、いった。

5

「用があるなら、早く、いってください。これから、この蒸気機関車を、走らせたいんですよ」

と、本間が、いった。

「死んだ中村さんの、恋人の、松田裕子のことなんですが」

「そのことなら、知らないと、何度も、いっているじゃありませんか。本当に会ったこともないし、いなくなった理由も、わからないんですよ。僕にいくらきいても、行き先は、わかりませんよ」

と、本間は、いった。

「行き先は、わかりました」

と、十津川は、いった。

「だったら、もう、何も、いうことはないでしょう」

と、本間は、もう一度、紐を、引っ張った。汽笛がまた、鋭く鳴った。

「確か、この八王子の隣のあきる野市を、秋川という川が流れているんでしたね？」

と、十津川が、いった。

「そうですが、それが、いったいどうかしたんですか？」

「実は、その秋川の上流、秋川渓谷で、発見されたんです」

と、十津川が、いった。

「発見されたって？」

と、いって、本間は、言葉を飲み込んだ。

「そうなんですよ。残念ながら、その秋川渓谷で、松田裕子さんは、死体となって、発見されたんです」

と、十津川は、いった。

本間は、黙ってしまった。

どういっていいか、わからない。

「秋川渓谷に、大戸里《おおとり》神社という、小さな神社があるのですが、そこで、昨日の夕方、近所の人が、若い女性の死体を、発見したのです。その死体が、松田裕子さんでした」

と、十津川は、いった。

「それで、殺されて、いたんですか？」

と、本間が、きいた。

「どうして、本間さんは、殺されていたと思われたんですか？」

「だって、あなたのような、刑事さんが、訪ねて来たんだから、普通の死に方で、ないことくらい、わかりますよ」

と、本間は、突っかかるように、いった。

「ああ、そうですね。あなたのいう通り、首を、絞められて、殺されていました。死体や周囲の状況から見て、彼女は、その神社の中で、殺されたのではなくて、犯人が、そこまで、車で運んだものと、思われています」

と、十津川は、いった。

「まさか、僕を、疑っているんじゃないでしょうね？」

と、本間は、いった。

「とんでもない。あなたは、人を殺せるような人ではない。優しい心の、持ち主だ。それは、わかっていますから、あなたのことは、少しも、疑っていません」

と、十津川は、いった。

「それなら、どうして、僕に、そんなことを、知らせに来たのですか？」

と、本間が、きいた。

「ああ、機関車のほうは、大丈夫ですか？」

と、十津川は、はぐらかすように、いった。

「少し蒸気の圧力が、高くなりすぎているんじゃ、ありませんか？」

本間は、あわてた。十津川と話している間、ずっと石炭を、くべていたのである。

あわてて、圧力を、下げてから、

「僕は、繰り返しますが、松田裕子さんのことは知らないし、彼女が、殺されたことだって、あなたにきいて、今、初めて、知ったんですよ。もちろん、誰が、殺したかなんてことも、知らない。もう、このことから、少し離れたいんですよ」

と、いった。

「それは、よくわかりますが、われわれは、今回、松田裕子さんが、殺された理由は、九月五日の夜の、この八王子における、中村健治さん殺しにあると、思っているのですよ。中村健治さんを、殺した犯人がいる。その犯人のことを、中村さんの恋人である、松田裕子さんは、執拗《しつよう》に、追いかけていた。それがうるさくて、犯人は、口封じに、松田裕子さんも、殺したんじゃないか、われわれは、そう考えているんです。それでですね、あなたが、九月五日の、中村さん殺しの犯人について、何か知っていれば、ぜひ、われわれに、話していただきたいんですよ。どんな、ささいなことでも、いいんです。それが、事件解決の鍵に、なりますから」

と、十津川は、いった。

「僕は、何も、知らないといっているじゃありませんか。困った刑事さんだ」

と、いった時、本間のポケットで、携帯電話が鳴った。本間は、助かったと思い、

「ちょっと失礼」

と、いって、蒸気機関車から離れたところで、携帯を受けた。

「俺だよ」

と、いう男の声が、きこえた。

とたんに、本間の顔が、青ざめた。

本間が、黙っていると、

「今、そこに警察が、来ているだろう？　俺は、ちゃんと、見ているんだ。もし、あんたが、つまらないことを、その刑事に話したら、前にもいったように、あんたを、殺すよ。それに、買物に行っている、あんたの奥さんだって、殺す。あんたは、永久に、父親になれなくなるんだ」

と、男は、いった。

本間は、何かいおうとしたが、黙ってしまった。

男は、さらに、

「これは、単なる脅かしじゃないよ。口をつぐんでいろ。それが、あんたのためだ。いや、あんたと、奥さんと、子供のためだ」

と、いって、電話を、切ってしまった。

本間が、携帯をしまって、機関車のそばに、戻ってくると、十津川が、

「顔色が悪いですよ。何か、嫌な、知らせですか？」

と、きいた。

「会社の上司からの、電話です」

と、本間は、とっさに、ウソをついた。

「今日は日曜日なのに、会社の上司から、電話があったんですか？」

と、十津川は、疑わしげに、きく。

「実は、最近、営業成績が、落ちているので、ハッパを、かけられているんです。だから、休みの日でも、上司は、僕に、電話してくるんですよ。その上司に、僕が、警察から、いろいろと疑われていると、わかったら、叱責《しっせき》されるに、決まっています。だから、今後、僕に会いに来ないで、いただけませんか？　ウチの生活にも、響くんですから」

と、本間は、いった。

「それは、どうも申し訳ない。今日はただ、松田裕子さんが、死んだことを、お知らせしようと思って、来ただけです。失礼します」

と、いって、十津川は、帰っていった。

その後、本間は、ぼんやりと、放心した表情で、模型機関車の台座に、腰を下した。

十津川という警部は、松田裕子が、殺されたと、知らせてきた。

秋川渓谷といえば、ここから、それほど、遠くはない。なぜ、そんなところで、犯人は、松田裕子を、殺したのだろうか？

いや、十津川は、殺しておいて、車で運んだのだろうと、いっていたから、犯人は、どこか別のところで、彼女を殺してから、わざわざ、死体を、秋川渓谷まで、運んでいって、捨てたのに違いない。

なぜ、そんなことを、したのだろうか？

本間に対する、犯人たちの、脅かしだろうか？

わざと、松田裕子の死体を、八王子の近くに捨てて、本間を、脅かしているのだろうか？

ほかに、考えようがなかった。

腹が立った。しかし、腹が立つと同時に、強い恐怖も、感じた。

本間は、新宿のバーで、自分を脅かした、男の目を、思い出した。

(あの目は、平気で、人を殺せる目だ)

と、思った。

それに、さっきの電話で、本間が、刑事と話していることを知っていた。明らかに、どこかで、こちらを見張っていて、電話を、かけてきたのだ。

こうしている間も、犯人は、自分を、見張っているのではないだろうか?

そんな不安と、恐れと、脅《おび》えを、本間は、感じた。

(まさか、銃で、こちらを、狙っていることは、ないだろう)

そう思いながらも、脅えが、強くなって、本間は、あわてて、家の中に、逃げ込んだ。

それから、今日の新聞を、見ていなかったことを、思い出して、朝刊を、開いてみた。

社会面を見ると、事件のことが、載っていた。

〈昨日の午後三時頃、秋川渓谷の大戸里という神社の境内《けいだい》で、首を絞められて、殺されている、若い女性の死体が、発見された〉

と、書いてある。

〈警察が調べたところ、この若い女性は、東京都練馬区石神井町に住んでいる、松田裕子さん、二十五歳とわかった。また、殺害現場は、神社の、境内ではなく、ほかの場所で、殺されて、ここまで運ばれたのであろうと、警察当局では、見ている〉

活字で読むと、十津川が、話してくれたのとは、違う実感が、本間に、迫ってきた。会ったこともない、松田裕子という女性だが、それでも、殺されたという事実が、否応《いやおう》なく、本間に、迫ってくるのだ。

新宿のバーで、本間を、脅かした男が、殺したのだろうか？

それとも、ほかの二人が、殺したのだろうか？

あるいは、三人で、寄ってたかって、殺したのかも知れない。

それは、本間に向かって、

（余計なことをしゃべったら、お前も、殺すぞ）

という、警告に、見える。

そう思って、ニュースを、読んでいると、じわじわと、恐怖が本間を、襲ってきた。間違いなく、いざとなれば、この犯人たちは、彼を殺すだろう。平気で、九月五日に、中村健治を、殺した連中なのだ。

中村は、空手ができて、本間に、

（何かあっても、怖いと、感じたことはない）

と、いっていた男である。その中村が、あっさりと、背中と腹部を、刺されて殺されて、しまったのだ。

とすれば、連中は、本間を、殺すことなど、ぞうさもない、ことだろう。

本間には、失いたくないものが、たくさんあった。現在の会社も、失いたくない。課長補佐という地位も、あるいは、次の人事異動で、課長になれるという夢も、である。

それに、本間は、家庭を、持っている。少し気が強いが、美人の妻の夏子が、いるし、来年には、子供が、生まれるのだ。この家庭も、失いたくない。

そのことが、いっそう、本間を臆病にさせるのだ。

一時間ほどして、妻の夏子が、買物から帰って来た。

妙に、青ざめた顔で、

「怖かったわ」

と、いきなり、本間に、いった。

「何があったんだ?」

と、本間が、きいた。

「駅前のデパートで、買物をしていたら、じっと、私のことを、見ている男がいるのよ。最初は、気のせいかと、思ったんだけど、地下の食料品売り場に行っても、その男が、ついて来たの。あわてて、車に乗って、帰って来たんだけど、怖かったわ」

と、夏子は、いった。

「どんな男だった？」

と、本間は、きいた。

「身長は、あなたぐらいかしら。三十ぐらいの男で、サングラスを、かけていたわ。何か、怖い感じの男」

と、いった。

ひょっとすると、新宿のバーで、自分を、脅かした男かも、知れない。さっき、その男が、庭で、十津川警部と話していた自分に、電話をしてきたのだ。

その後、八王子駅前の、デパートで、妻を、脅かしたのか？

「警察にいったほうが、いいかしら？」

と、夏子が、いった。

本間は、あわてて、

「いう必要は、ないだろう。君の、気のせいかも、知れないし――」

と、いった。

「でも、怖かったのよ。ああいうのを、ストーカーというのじゃ、ないかしら」

と、夏子が、いう。

「でも、その男を見たのは、今日が、初めてなんだろう？」

「そうだけど」

「それなら、たまたま、君を、じっと見ていただけなのかも、知れない。君は、なかなか美人だからね。それに、その後、ずっと、君の後を、つけて来たわけじゃないんだろう？」

「駐車場までは、ついて来なかったわ。でも、怖かったのは、本当」

と、夏子は、いった。

「今回は、いわないほうが、いいんじゃないのかな。今度また、同じことがあったら、その時、警察に、いえばいい」

と、本間は、いった。

それで、何とか、夏子は、納得して、

「そうね。確かに、あなたのいう通り、初めて見た男だし、駐車場までは、ついて来なかったのだから、気のせいかも、知れないわ」

と、いってくれた。

（これも、連中の計画だろうか？）

本間は、そう思い、いっそう、気が重くなっていった。

第三章　殺した

1

右肩上がりだった、本間の会社、M住建の業績が、少しずつ、下降気味になってきた。

都内に、同じような会社が、できてきたし、M住建は、新築の高層マンションの販売を、手がけて、業績を上げているのだが、高層の住居はよく売れるのに対して、中層以下の階層のマンションの売れ行きが、鈍《にぶ》くなってきたのだ。

といって、高層の部屋の、販売だけを、手がけているわけにも、いかなかった。必然的に、売れない中層以下の部屋の、販売もしなければならない。それで、全体の売れ行きが、悪くなってきたのだ。

やがて、本間が、仮契約を結んだ、いくつかの部屋が、契約解除になる事態が、起きてきた。

月島《つきしま》にできた新高層マンションの、一階から十五、六階までの間の、部屋の売れ行きが、悪くなってきたのである。本間は、努力して、いくつかの部屋の契約を、取ったのだが、そのうちの三つが、相次いで、契約を解除されたのだ。

調べてみると、相手は、新しくできた、高層マンションの最上階の部屋を、買ったらしい。

本間は、課長に呼ばれて、契約が、キャンセルになった理由について、きかれた。

「とにかく、近くに、もっと設備のいい、新高層マンションが、できましたので、そちらのほうに客を取られたんです」

と、本間は、いった。

本間自身は、もっともな理由だと思うのだが、課長のほうは、そうは、思わないらしく、

「それは、君の熱意が、足りないからだと、思うね。別のいい方をすれば、押しが足りないんじゃないのか？　とにかく、仮契約を取ったのに、その客が、ほかのマンションを、買うというのは、おかしいじゃないか」

と、本間を、叱責した。

本間が、何かいおうとすると、

「どうも、最近、君の態度を、見ていると、仕事に、熱が入っていないんじゃないか。何か、心配事でもあって、仕事に、集中できないんじゃないのかね」

と、課長が、きいた。

本間にしてみれば、それについては、いうことがあるのだが、いえないのだ。

それで、

「もう一度、客に、当たってみます」

と、その場を引き下がるより仕方がなかった。

契約を、キャンセルされたのは、それ相当の理由があると本間は、思っているが、しかし、課長のいった、仕事に、集中できていないのではないかという言葉は、ズシリと、本間の胸に、こたえるものがあった。

もし、課長の目から見て、本間が、仕事に集中していないと、見られているとしたら、理由は、あのこと以外には、考えられない。

九月五日の、夜の殺人事件のことが、ずっと、尾を引いているのだ。

そして、犯人の三人組の一人に、脅かされていること、それから、中村健治の恋人、松田裕子の死亡などが、本間の胸に、重くのしかかっている。

それが、一掃《いっそう》されないと、どうしても、仕事に集中できなくなるのだ。

次の人事異動で、課長昇進も、夢ではないと、思っていたのだが、この調子では、その昇進も、立ち消えになってしまうかも、知れない。

本間は、あせった。

何とかして、九月五日の、殺人事件の後遺症を、取り払わなくてはならない。

それには、どうしたらいいのか？

とにかく、あの三人組が、殺人事件の犯人として、逮捕されてしまえば、いいのだ。

といって、一ヵ月以上も経《た》った今、あの三人を、知っているといって、警察に申し出るのも、何か、後ろめたい。第一、どうして、今まで、連絡をしなかったのだと、責められるに決まっていた。

そして、それが、公になってしまうと、会社で、いろいろと、いわれることになるのではないか。

本間の勤めている、M住建は、女性問題では、それほど、とがめられることはないが、刑事事件に関係すると、すぐに、問題視される。そういう会社だった。

だから、本間は、怖いのだ。といって、このままでは、仕事に集中できなくて、昇格どころか、降格されるかも知れない。

本間は、妻の夏子に、相談した。

夏子は、本間と違って、気が強くて、そのうえ、冷静な女だった。

夏子は、本間のいうことを、全部きいてから、

「本当に、あなたは、その三人の顔を、覚えているの？」

と、きいた。

「覚えている。だから、困っているんだ」

と、本間が、いった。

「じゃあ、その三人が、殺人罪で捕まって、そのうえ、あなたの名前が、出なければいいんでしょう？」

と、夏子が、いう。

「そんなふうに、うまく、運べばいいんだがね」

「じゃあ、あなたの覚えている三人の特徴を、何とかして、警察に、知らせるより、仕方がないわね。もし、それが嫌なら、今まで通り黙っていなさいな」

と、夏子が、いった。

「しかし、どうやって、警察に、連絡を取るんだ？　電話をしたら、電話番号がばれるんだろう？　そうなれば、どうしたって、僕の名前も、わかってしまうよ」

と、本間は、いった。

「だから、こちらが、わからないように、電話するか、それとも、匿名の手紙を、書くしか、方法がないわね」

と、夏子が、いった。

「じゃあ、パソコンで、打ってから、匿名にして警察に、その手紙を、発送したらいいのかな？」

と、本間は、自分でいってから、

「でも、消印や、なんかから、こちらがわかってしまうかも、知れないな」

と、気弱く、いった。

「じゃあ、電話にしなさいよ」

「どうやって、電話をするんだ？　こちらの番号をすぐに知られてしまうんだ。だから、怖くて、今まで、電話できなかったんだよ」

と、本間は、いじいじと、いった。

「だから、この家の電話や、携帯電話を、使っちゃダメよ。公衆電話を、使いなさい。公衆電話なら、かけておいて、逃げちゃえばいいんだから。そうすれば、警察だって、あなたが、電話をしたとは、わからないわ」

と、夏子は、いった。更に、夏子は、

「それに、今、ボイスチェンジャーという機械が、あるそうじゃないの。何でも、声が変えられるんですって。それを使えば、何とかなるわよ」

と、いやに冷静な口調で、いった。

「じゃあ、明日にでもかけてみよう」

2

翌日、本間は、会社の帰りに、公衆電話を探した。

しかし、その気になって、公衆電話を、探すと、なかなか、見つからなかった。最近は、公衆電話の数が、少なくなっているらしい。

東京駅に、行ってみた。ここには、沢山《たくさん》、公衆電話が、あるはずだと、思ったからである。

確かに、公衆電話の、並んでいるコーナーがあったが、そこに行ってから、本間は、なかなか、一一〇番が、かけられなかった。

というのは、電話と電話の間隔が、狭いので、隣りで、電話をしている人間の声が、いやでも、耳に入ってしまうのだ。だから、本間が、ここの電話機を、取って、殺人事件だとか、犯人だとかいえば、本間の隣りで、電話をしている人間が、きき耳を立てるだろう。

と、すると、どういうことに、なるのか？

本間が、例の三人組のことを、話して、電話を切って、逃げても、刑事が、すぐ、ここへ飛んで来て、近くで、電話をしている人間に、本間のことを、きくに違いなかった。

その後、嫌でも、本間のことが、わかってしまう。なぜなら、事件を担当している、十津川という警部が、四回も、本間に会っていて、顔を知っているからである。

「困ったな」

と、思いながら、本間は、公衆電話のコーナーを、ウロウロと、歩き回った。

その挙句《あげく》に、一一〇番するチャンスが見つからず、駅を出てしまった。

そのあと、今度は、八重洲口の周辺を、歩きながら、公衆電話ボックスを、探した。

昔は、いくつも、あったはずなのに、探してみると、なかなか、見つからない。携帯電話の普及で、公衆電話を、使う人が、少なくなったので、無駄な公衆電話ボックスは、廃止されてしまったらしい。

とうとう、一一〇番することが、できなくて、家に帰ると、待っていた夏子が、

「どうでした？　一一〇番できました？」

と、きいた。

本間は、ため息をついて、

「適当な公衆電話が、見つからなかったんだ」

と、いい、東京駅の、公衆電話コーナーの、状況や、街の中に、公衆電話ボックスが見つからなかったことを、話した。

「それじゃあ、どうしようもないじゃないの」

と、怒ったように、夏子は、いい、続けて、

「それなら、これからも、知らぬ存ぜぬで、通しちゃったほうがいいわ。そのうちに、警察だって、諦めるでしょうし、三人組だって、どうせまた、何か、別のことで、事件を起こすに違いないわ」

と、いった。

「どっちか、きちんと、決められる君が、うらやましいよ」

と、本間は、本気で、いった。

「何なの？」

と、夏子は、一瞬、軽蔑《けいべつ》したように、夫を見た。

「そんな、市民の義務みたいなことに、縛られることは、ないと思うわ。人間は、自分のために、生きればいいのよ。あなたは、あなたの利益のために、生きればいいんだし、家

庭を持っているのよ。もう少しで、子供が生まれるんだし、それを考えたら、昔起きた、殺人事件のことなんて、どうでも、いいじゃないの」

と、夏子は、きっぱりと、いった。

「そうなんだ、そうなんだよ」

と、本間は、自分に、いいきかせた。

何といったって、自分の利益、自分の家庭を、守るのが、いちばんではないか？

それ以上のことを、あれこれ考えても、仕方がないではないか？

そう、自分に、いいきかせた。

しかし、翌日、本間が、出社すると、人事部長の辻に、呼ばれた。

「また、君のことが、問題になっていてね」

と、辻が、いった。

その瞬間、本間は、課長の顔を思い出した。きっと、あの課長が、何かいったに、違いない。

「最近、僕の営業成績が、落ちているのは、一時的なことなんです。うちの課長だって、そのことを、わかってくれていると、思うのですが」

と、本間は、いった。

「何回もいうようだが、今、うちの会社は、大変な時期を、迎えている。右肩上がりの成績を上げるのは難しい。そういう時代なんだ。だから、君たちにも、頑張ってもらいたいと、社長も、いっている。それで、いろいろと、君のところの、課長に話をきいたんだが、どうも、君一人の営業成績が、ほかの社員に比べて、落ちているというんだよ」

と、辻が、いった。

「ですから、それは、一時的なもので、すぐに取り返せると、思っています」

「確かに、君の今までの、営業成績を見れば、君は、立派な、うちのエリート社員だ。しかしね、今もいったように、この大事な時に、君のことが主な理由で、営業三課の成績が、下がっている。そう思われても、仕方がない状況なんだ。課長は、君を降格させて、成績のいい、たとえば、木村《きむら》君なんかを、課長補佐にして欲しいと、いってきているんだがね」

と、辻は、いった。

本間の顔が青ざめてくる。

「それで、僕は、どうなるんですか?」

と、本間が、きいた。

「今もいったように、君は、今まで、よく尽くしてくれた。だから、降格させるのは、忍びない。それで、君には、営業八課に移ってもらおうと、思っているんだよ。あそこの課長補佐は、先月辞めているからね。その後釜として行ってくれないか。それなら、同じ課長補佐だから、君の面目《めんもく》だって、立つだろう。給料だって、下げなくて済む。どうかね？」

と、辻が、いった。

「営業八課ですか」

と、いい、本間は、絶句した。

営業八課は、M住建では、中古マンションの販売を、手がけている営業課だった。新築の、特に高層マンションに比べて、中古マンションの部屋を、売るのは難しく、M住建では、最も、成績の悪い課だった。

営業一課から五課までは、新築、それも高層マンションの販売だから、いわば、花形のセクションといってもいい。

それに比べて、営業八課は、たとえは悪いが、ゴミためみたいな、部署である。

「どうかね？」

と、辻が、きいた。

「どうしても、営業八課に行かなくてはいけませんか？」

と、本間は、いった。

「今もいったように、君の将来を思って、営業八課の課長補佐に、推薦しようと思っているんだよ」

と、辻は、冷たく、いった。

3

「お断りしたら、私は、どうなるんでしょうか?」

と、本間は、青い顔で、きいた。

「そうだなあ。まあ、今のままで、課長補佐から、平社員に降格になったら、君だって、居づらいだろう。それを考えると、営業八課の課長補佐が、いちばんいい場所だと思っているんだがね」

と、辻は、いった。

語調は柔らかかったが、つまり、退職か、営業八課への配転を、受け容《い》れろという、そんないい方だった。

「とにかく、少し考えさせてください」

「そうだね。すぐにとは、いわないから、この土、日で、考えたまえ」

と、本間は、いった。

と、辻は、いった。

その日、帰宅の途中、本間は、三鷹で降りて、飲むことにした。いつもは、新宿で飲むのだが、新宿で、犯人三人の一人に会って、脅かされたのが、こたえていて、新宿では、飲む気には、なれなかったからである。

三鷹で降りるのは、初めてではないが、三鷹で、飲むのは、初めてだった。

駅前から商店街を抜けて、路地に入っていくと、小さな、バーがあった。もちろん、初めてのバーである。店に入ると、客の姿はない。

本間は、カウンターの、いちばん隅に座って、ハイボールを頼み、飲み出した。

飲んでいると、やはり、営業八課のことが気になった。

営業八課がどんな状況なのかは、よく知っている。とにかく、営業八課が、抱えている中古マンションの売れ行きが、よくない。

毎月、目標を立てているのだが、それが完遂《かんすい》した場合でも、大きな値引きをして、売ってしまうので、利益が上がらないことが多く、そのたびに、営業八課の課長が、呼ばれて、社長から叱責を受けていることは、本間もよく知っていた。

本間が、営業八課に行っても、同じことが、起こるだろう。

ヘタをすれば、年末のボーナスが、出ないことになるかも、知れない。

そんなことを考えながら、チビリチビリと飲んでいると、突然、店の中で、カラオケが始まった。

若者二人が、入って来て、カラオケを、始めたのだ。それが、大音響を、発している。

本間は、頭が痛くなり、店を逃げ出すことにした。

ハイボールを、五杯飲んだところで、本間は、店を出た。

少し酔っている。路地を出て、駅に向かおうとしたところで、いきなり、背後から、殴られた。

意識が、ボンヤリして、倒れかかるのを、後ろから抱えられた。

そして、そのまま、引きずられていき、近くにあった車に、乗せられた。

本間が、何か、声を出そうとすると、もう一度、頭を殴られた。

失神している間に、彼を乗せた車は、どんどん、スピードを上げていく。

気がつくと、ワンボックスカーの床に倒れていて、一人の男が、本間を見下ろしていた。

あの男だった。新宿で、本間を、脅かした男である。

「あんたねえ、どうして、俺の気に障《さわ》るようなことを、するんだ」

と、男が、本間を睨《にら》んで、いった。

その片手に、小さなナイフが、握られている。

車の中に、ほかの声がしないところをみると、この男一人が、運転して、ここまで、来たらしい。

本間は、頭に、手をやりながら、

「僕が、何をしたというんですか？」

と、きいた。

「警察に、電話しようとしたろう？」

と、男は、いった。

「そんなこと、していませんよ。警察に、電話なんか、していませんよ」

と、本間は、必死に、いった。

「しかしだな、あんたは、この間、東京駅で、公衆電話コーナーに、いたじゃないか。そして、一一〇番しようとしたが、諦めて、今度は、東京駅の八重洲口に出て、公衆電話ボックスを、探した。つまり、あんたは、自分の名前を、知られずに、警察に、俺たちのことを、チクろうとしたんだ」

と、男が、いう。

「それは、誤解ですよ。そんなことしませんよ」

と、本間は、いったが、声が震えてしまった。この男は、ずっと、本間を、尾行していたに違いない。

「俺は、あんたに、警告したはずだぞ。事件のことは、全部忘れろ。忘れなければ、痛い目に、遭うぞってな。どうやら、あんたは、その約束を、破ったらしいな」

と、男は、いった。

「そんなことはない。僕は、警察には電話していない。本当ですよ」

「一応、それを、信用してやろう。ところで、俺たち三人は、ちょっとばかり、金に困っている。その三人が、あんたの命を、助けてやっているんだ。そのお礼に、そうだ、五百万円ばかり、都合をつけてくれ」

と、男は、いった。

「僕は、八王子に、家を建てたので、二千万円の借金が、残っているんです。そんな、五百万円の金の用意なんて、できませんよ」

と、本間は、いった。

「じゃあ、死ぬか」

と、男は、ナイフを、ちらつかせた。

「五百万はできないけど、百万ぐらいなら、何とかなる。それで勘弁してくれませんか」

と、本間は、いった。

「ダメだ。五百万だ。命の値段としたら、安いもんじゃないか。いいか、よく考えろ。俺は、これから、あんたを殺して、奥多摩《おくたま》に、埋めたっていいんだ。そのつもりで、いるんだぞ。命と引き換えなら、五百万ぐらい、何とかなるだろう。あんたの奥さんだって、金持ちのところの、娘さんじゃないのか」

と、男は、いった。本間が、黙っていると、

「じゃあ、五百万出す気にさせてやろう」

と、男は、いうなり、いきなり、ナイフを本間の左腕に、突き刺した。

激痛が走った。血が流れた。恐怖が、本間を押し包む。

と同時に、それまで、思ったことのない、怒りの衝動が、本間を襲った。

俺は今、この男たちのおかげで、営業八課に、回されようとしている。地獄への配置転換だ。そのうえ、今度は、五百万円よこせといっている。そんな大金は、逆立《さかだ》ちしても出せない。

その追いつめられた気持ちが、怒りとなって、本間の胸を、押し包んだ。

本間は、いきなり、ナイフを持つ男の手に、嚙みついた。男が、悲鳴を上げる。思わず、

男は、手に持ったナイフを、取り落とした。それを本間が摑《つか》む。

「この野郎！」

と、いって、男が、殴りかかってきた。

往復ビンタの格好で、本間は、顔を殴られた。その痛さが、さらに、本間の怒りを、強くした。

手に持ったナイフを、刺すというよりも、振り回した。

その瞬間、ギャーッという、悲鳴を、男が上げた。男の身体が、本間に覆《おお》い被《かぶ》さってきて、そのまま、動かなくなった。

何か、生温かいものが、本間の顔に、垂れてくる。それは、血だった。

本間は、あわてて、自分の上に、覆い被さっている、男の身体を、押しのけた。

男は、何もいわない。仰向《あおむ》けに、倒れたまま、動かない。

本間は、狼狽し、ナイフを放り投げ、それからじっと、倒れている男を、見つめた。

震えながら、声をかけたが、反応がない。

本間は、逃げ出そうとした。恐怖が彼を捕らえていたからだ。

しかし、ドアに、手をかけてから、その手を、離してしまった。

男は、死んでいる。間違いなく、死んでいる。

このまま、死体を置いて、逃げ出せば、警察が、調べるだろう。そうすれば、この車の中に、ベタベタと、本間の指紋や血が、付いている。必ず捕まってしまう。殺人犯になるのは、まっぴらだった。

俺は、この男に脅かされ、会社での、地位を、危うくされている。そのうえ、五百万円も、脅し取られようと、したのだ。

こんな男は、死んで当然なのだ。こんな男のために、どうして、俺が、刑務所に入らなければ、ならないのか。

そのことに、無性に、腹が立った。その腹立たしさが、彼の恐怖を、押し潰した。

(落ち着くんだ)

と、本間は、自分に、いいきかせた。

とにかく、このままでは、自分が、殺人犯として、捕まってしまう。何とかしなければいけない。しかし、どうしたら、いいのだろうか？

本間は、考えつづけた。

4

本間は、車の中を、見回した。窓には、黒いフィルムが、張られているから、今の出来事は、外からは、見られていない筈だった。運転席に、腰を下して、外を見た。ライトを、点《つ》けてみる。場所がどこか、わからなかった。

じっと目を、凝《こ》らすと、三メートルほど離れた場所に立つ電柱に、「東《ひがし》青梅《おうめ》」の文字が、読めた。

どうやら、ここは、青梅市らしい。

男は、三鷹で本間を乗せてから、車で、この青梅まで、運んで来たんだろう。そういえば、この男は、〈お前を殺して、奥多摩の山中に、埋めたって、いいんだぞ〉と脅かしたのだ。

確かに、ここから奥多摩までは、近い。その男の言葉が、耳鳴りのように、本間にきこえていた。

（男がそういっていたんだから、逆に、この男を、奥多摩の山の中に、埋めてやろう）と、本間は、思った。

本間は、携帯を取り出すと、妻の夏子に、電話をかけた。

「今日は、少し遅くなるから」

と、本間は、いった。

「何かあったの？　声がちょっと、震えているけど」

と、夏子が、きく。

「何でもないんだ。とにかく、遅くなる。先に、寝ていてくれ」

と、本間は、いった。

「何があったか、教えてちょうだい」

と、なおも、夏子が、いうのを、

「何でもないんだ。とにかく、寝ていろ！」

と、本間には珍しく、叱りつけるようにいって、電話を、切った。

その後、運転席に腰を下し、ハンカチを取り出して、左腕に包帯をした。幸い血は止まっている。

それから、ギアをドライブに入れて、アクセルを踏んだ。

（とにかく、この死体は、隠してしまわなくてはならないのだ。そうしなければ、俺の破滅になる）、本間は、何度も、それを、自分にいいきかせた。

本間は、八王子に、越してから、三回、奥多摩に、行ったことがある。それは、九月五日の事件が、起きる前の平和な時で、妻の夏子と、二人で、車を走らせたのだ。楽しい思い出だが、今は、必死で、そのルートを思い出しながら、本間は、車を走らせた。

すでに、午後十時を過ぎている。川を渡り、暗い夜道を、登っていく。車が、走れなくなるまで、山道を、突っ込んでいった。周囲は、真っ暗だ。どこかわからないが、山の中腹の、雑草の生《お》い茂った、場所に着いた。

周囲を見回したが、人の気配はなく、物音も、きこえてこない。

本間は、車から降りると、途中の、金物店で買ってきた、スコップを使って、車のライトの中で穴を掘り始めた。

汗が、したたり落ちてくる。それでも、休まずに、本間は、スコップをふるい続けた。少しずつ、暗い穴が、広がっていく。

穴の深さが一メートル半くらいになると、本間は、車内に、引き返した。

男の死体は、相変わらず、シートに横たわっている。カッと、目を見開いていて、その顔が怖くて、近くにあったビニールシートを被せて、顔を隠した。

男の上着のポケットを探って、運転免許証を、取り出した。

その運転免許証によると、男の名前は、橋爪恭介《はしづめきようすけ》、三十歳。住所は、本間と同じように、八王子に、なっていた。

おそらく、ほかの二人も、同じ八王子の住人だろう。

その運転免許証を、本間は、自分のポケットにしまってから、男の死体を、車の外に、引きずり出した。

死体は、やたらに、重い。

また、汗が出てきた。死体を、穴のところまで、引きずっていって、突き落とす。犯行に使われたナイフなども、一緒に穴に放り込んで、本間は、スコップで穴を、埋め始めた。

時間が、経つのを、忘れた。

ようやく、穴を埋め終わり、その埋めた土の上に、もう一度、雑草を、植え直した。

車のライトの中で、何回も点検した。すぐに、発見されて、掘り起こされては、たまらない。

自然に見えるように、何度も、土の表面を、直してから、本間は、車に戻った。

次に残っているのは、車の始末だった。

車検証を調べた限りでは、この車の持ち主は、橋爪恭介に、なっている。盗難車なら、どこにでも、放置しておけば、いいのだが、殺した橋爪の車とあっては、この車が発見されれば、当然、警察が、橋爪の行方《ゆくえ》を、探すだろう。だから、車の始末は、慎重に考えなければならない。

車を走らせながら、本間は、考えた。

（この車は、どうやって始末したらいいのだろうか？）、そう考えているうちに、八王子が、近くなってきた。

5

すでに、午前一時を回っていた。さすがに、妻の夏子も寝入っていた。車は、八王子の郊外にある市営の駐車場に、ひとまずかくした。

本間は、そっと家に入り、上着を脱いで、明かりで、調べると、血がついていた。

本間は、それを、黒いゴミ袋に、押し込んで、そのあと、一人で、浴室に入って、シャワーを浴びた。

翌日は、休みだった。

朝食の時、夏子が、

「昨日は、ずいぶん、遅かったのね。何をしていたの？」

と、とがめるように、きいた。

「実は、今、うちの会社も、経営が苦しいんだ。それで、いろいろと、上司と打ち合わせがあってね。それで、遅くなった」

と、本間が、いった。

「でも、あなたがやっているセクションは、成績が、いいんでしょう?」

と、夏子が、いう。

「それでも、今は、なかなか、マンションが売れなくなってるんだよ。それで、今日は休みだが、上司と、新しい物件を、見に行かなくちゃいけないんだ」

と、本間が、いった。

「会社が、そんなことになっていたとは、知らなかったわ。やっぱり、不景気なの?」

「そうなんだ。とにかく、今頑張らないと、ボーナスが、出なくなる。だから、頑張らせてくれよ」

と、本間は、いった。

ジャンパー姿で、出ようとすると、夏子が、変な顔をして、

「今日は、背広じゃないの?」

と、きく。

「何しろ、今日は、どこも、休みだからね。上司も、ラフな格好で、来いと、いっているんだ」

と、本間は、ごまかした。

一応、八王子駅までは、妻の夏子に、車で、送ってもらったが、彼女の車が、帰ってしまうと、駅から出て、昨日、車を置いた、市営の駐車場まで、歩いていった。

(ひょっとして、車が、なくなっているんじゃないか)、そんな不安に、襲われていたのだが、車は、ちゃんと、そこにあった。

車に乗り込んで、アクセルを踏む。サングラスをかけて、車を西に向けた。

途中で給油をする。その時も、サングラスを、かけたままだった。

やがて、諏訪湖《すわこ》が見えてきた。

本間は、ゆっくりと、湖のまわりを、走った。

人の気配のない湖岸に来て、まず、スコップを投げ込んだ。

更に、移動して、血のついた背広を入れたゴミ袋に、重しをつけて、投げ入れた。最後に、橋爪の免許証を、思いきり遠くまで、湖面に向かって、投げた。

本間は、車を北上させ、浅間《あさま》温泉近くの駐車場に、車を停めた。

それから、入念に、車の中の、自分の指紋と血痕を、消していった。ドアのノブ、チェンジレバー、ハンドル、それから、座席と、丁寧に、拭《ふ》き取っていく。

そのあと、本間は、車から降りた。周囲に、人がいないのを、見定めてから、駐車場から、歩き出した。

途中で、バスが来たので、乗り込む。松本行きの、バスだった。

松本で、バスを降りると、本間は、特急に乗り込んで、東京に、向かった。

新宿に着いた時は、午後六時を、過ぎていた。それから、高尾《たかお》行きの特別快速に、乗った。電車の中でも、本間は、考え続けていた。

(これで、すべて、うまく行ったのだろうか？　それとも、何かミスが、あったのだろうか？　しかし、今さら、何かミスがあったとしても、取り返しは、つかない)

そう考えると、クソ度胸が出てきた。

八王子で降りて、駅から、妻の夏子に、電話をして、駅まで、迎えに来てもらった。

「今日は、どんな仕事だったの？」

と、夏子が、きいた。

本間は、妻の運転する車の、助手席に乗ってから、

「うちの会社がねえ、今のままでは、業績が上がらないので、地方で、いい物件を、探そうということになって、上司と一緒に行ったんだけどね。結局、これと思う、物件は、見

つからなかった」

と、いった。

「そうね。手を広げないほうが、いいかも知れないわ」

と、夏子は、いった。

夫の様子に、別に、疑いの目を、向けている気配はない。

それで、本間は、ひとまず安心した。

夕食が済んだ後、本間は、テレビのニュースを、息を潜《ひそ》めて見てみたが、本間の殺した、橋爪恭介という男については、何のニュースにも、なっていなかった。

彼が、浅間温泉の駐車場に、置いてきた、車のこともである。

あの駐車場は、無料の駐車場だから、放置された車があっても、あまり関心が、払われないのだろう。

6

二日間の休み明けに、出社すると、また、人事部長に、営業八課へ行くことについて、きかれた。

「覚悟はできたかね？」

と、辻が、いった。

「できました。営業八課に行かせてもらいます」

と、本間は、いった。

辻人事部長は、ホッとした顔になって、

「それでいいんだ。君なら、あの営業八課に行っても、いい成績が、上げられるよ。期待しているからね。何とかして、あの営業八課を黒字にしてくれたまえ」

と、いった。

同じ課長補佐だから、妻の夏子も、別に、文句はいわないだろう。夏子は、営業八課の実態を知らない筈である。そう思うと、気が楽になった。

営業八課に行くと、さっそく、課長の新宅《しんたく》が、本間を迎えて、

「とんだ貧乏くじを、引いたもんだね。でも、頑張ってくれたまえ。君には、期待しているんだ」

と、皮肉とも、お世辞とも、つかない声を、出した。

「頑張りますよ。ここだって、うまくやれば、黒字が出ますからね」

と、本間は、本気で、いった。

その日、帰宅すると、夏子は、変な顔をして、

「今朝《けさ》いわなかったんだけど、背広を、替えたのね？」

と、いった。

「ああ、あれね。ちょっと汚れたんで、替えたんだ」

と、本間は、いった。

「じゃあ、三日前まで、着ていた背広は、どうしたの？」

と、夏子は、いう。

「あれなら、会社の近くの、クリーニング屋に出しておいたよ」

と、本間は、いった。

「それならそうと、いってくれればいいのに。失《な》くしたと思って、心配したわ」

と、夏子が、いった。

「背広を失くすはずなんて、ないじゃないか」

と、本間は、笑ってみせた。

名前も、剝《は》がしてしまったから、万一、あの背広が、発見されたとしても、問題は、ないだろう。

夕食の後、

「実は」

と、本間は、妻の夏子に、いった。

「会社で、配置転換になったんだ」

と、いった。

「それ、どういうこと?」

と、夏子が、きく。

「実は、営業八課に配置転換になったんだ。というのはね、営業八課は、成績が上がっていないんだ。そこで、人事部長に、いわれたんだ。〈君が向こうへ行って、頑張って、営業成績を上げてくれ〉ってね。僕も、そこで、頑張ってみようと思っているんだ」

と、本間は、いった。

「まさか、降格なんてことじゃ、ないんでしょうね?」

と、夏子が、心配気に、いった。

「バカなことを、いうな。そのうちに、辞令が出ると思うが、同じ課長補佐で、来年中には、課長になれるはずだ。とにかく、頑張らなくちゃいけないんだ。今、不景気だからね」

と、本間は、いった。

夏子は、それで、何となく、納得した顔になった。

十一月に入った。

九月五日に、八王子で、殺人事件が起きてから、もう、二ヵ月になる。しかし、事件は、いっこうに、解決する気配《けはい》は、なかった。

八王子の駅には、相変わらず、「捜査協力のお願い」という看板が、立っていたが、今では、それを見る人も、少なくなり、どんどん、汚れていく。

本間は、いつ、橋爪恭介のことが、新聞やテレビに、出るかと、それが、不安だったのだが、いつまで経っても、その名前は、出てこなかった。

十津川という、あの警部も、顔を見せない。どうやら、あの警部も、橋爪恭介のことは、気づいていないらしい。

少しずつ、本間の不安が、薄れていった。

例の三人組の一人、橋爪恭介を、殺してしまったのだから、残りの二人が、何かいってくるのではないか、それも心配だったのだが、その二人が、現れる気配も、ない。

(あの三人は、どんな、仲間だったのだろうか?)と、本間は、思った。きっと、親友というのではなくて、いい加減な、仲間だったのだろう。だから、知り合いが、いなくなっても、別に、心配も、していないに、違いない。

本間は、そう考え、自分に、いいきかせた。だから、ほかの二人のことは、心配しなくてもいいのだ。

十一月の半《なか》ばになって、寒い日が続いた後、暖かい日曜日を、迎えた。

久しぶりに、本間が、庭に出て、模型の蒸気機関車を、いじっていると、また、聞き覚えのある声が、

「こんにちは」

と、いった。

振り向くまでもなく、その声は、あの、十津川という警部だった。

本間は、わざと、蒸気機関車の、ボイラーにくべる、石炭の手を止めずに、

「何でしょうか？　まだ、事件が解決しないんですか？」

と、きいた。

十津川は、ニコニコしながら、垣根を回るようにして、彼のそばに、近づいてくると、同じように、しゃがんで、

「残念ですが、まだまったく、解決の光が見えてこないんですよ。何しろ、どんな人間が、中村さんを、殺したのかが、わかりませんからね。あなたも、その犯人を、見ていないというし、それで、困っているんです。そのうえ、中村さんの恋人の、松田裕子さんも、殺

されてしまって、このほうの犯人も、見つかっていません。このままでいくと、迷宮入りですから、刑事全員で、困っているんですよ」

と、いった。

「僕は、日本の警察は、優秀だと、思っていたんですが、まだ犯人の、目星《めぼし》もつきませんか？」

と、本間は、意地わるく、きいた。

「そうなんですよ」

「でも、困ったからといって、僕に、文句をいわれても、困りますよ。僕は、何度もいいますが、あの九月五日の日に、中村さんとは、会っていないんだから」

と、本間は、いった。

「そうですよね。わかっています。よく、わかっています。申し訳ない。ただ、一応、あなたが中村さんの友人だということで、話をききたくてね。申し訳ありません」

と、十津川は、恐縮の表情で、いった。

「そういわれても、僕には、何もいうことがないから、困りましたね」

と、本間が、いった。

「橋爪恭介という男は、知りませんか？」

と、いきなり、十津川が、いった。

一瞬、ドキッとしながら、本間は、

「それ、どういう人なんですか？」

と、きき返した。

「実は、長野県警から、連絡がありましてね。向こうの、浅間温泉の駐車場に、長い間停まっている車が、あったそうです。黒っぽいワンボックスカーなんですが、それが八王子ナンバーでしてね。無料駐車場なんですが、そこで、調べたところ、その車の持ち主が、八王子の、橋爪恭介という、三十歳の男だということが、わかったんですよ。その住所が八王子だということで、ちょっと気になりましてね」

と、十津川が、いった。

「だから、どうしたと、いうんですか？　僕は、確かに、八王子に、住んでいますが、その橋爪という人のことは、まったく、知りませんよ」

と、本間は、いった。

「そうでしょうね。それで、昨日、先日伺《うかが》った、亀井という刑事と一緒に、浅間温泉に、行ってきたんですよ」

と、十津川は、いった。

「失礼ですけど、そういう話に、僕は、興味が、ないんですが」

と、本間は、いった。

十津川は、小さくうなずいて、

「そうでしょうね。でも、誰かに、この話をきいてもらいたくて」

と、いった。

「それなら、部下の刑事さんに、話せばいいじゃないですか？　僕なんかに話して、どうするんですか？」

と、本間は、いった。

「部下の刑事には、ずいぶん話しましたよ。しかし、誰も、どう考えていいのか、わかりませんでしてね。それで、第三者のあなたならば、何か、いい考えが、浮かぶんじゃないかと思って、話しているんです。実は、その橋爪恭介という男なんですが、なぜ、自分の車で浅間温泉まで行って、その車を捨てて、どこかへ姿を消してしまったのか、それがわからないんです」

「そんなこと、僕だって、わかりませんよ。それを調べるのが、警察の仕事じゃないんですか？」

と、本間は、逆に、十津川に、向かって、文句を、いった。

「確かに、あなたの、おっしゃる通りなんですよ。しかし、さっきもいったように、殺人事件の壁に、ぶち当たっていましてね。何とか、その突破口を、開きたいと考えて、ご迷惑とは思ったのですが、こうして、本間さんに、会いに来たんです。これが、その橋爪恭介という男なんですが」

と、いって、十津川は、一枚の写真を、本間に見せた。

間違いなく、あの男の写真だった。

「この顔に、見覚えはありませんか？」

と、十津川が、きく。

「まったく、ありませんね。第一、この人が、どういう人かも、知りませんから」

と、本間は、つっけんどんに、いった。

7

「どんな男かは、わかっています。高校を卒業して、M大学に、入ったんですが、一年で退学しましてね。その後、定職に就《つ》かず、今もフリーターを、やっているそうなんですよ。どうしようもない男でしてね。傷害事件の前科も、あります。この男は、さっきもいったように、八王子の人間で、彼の住んでいた、マンションにも、行ってみました。一DKの小さな部屋に、住んでいるんですが、これといった物もなくて、がらんとした、寂しい部屋でした。もちろん、妻子もいなくて、それで、車で遊びに、出かけたのかも知れませんが」

と、十津川が、いう。

「それならそれで、いいじゃありませんか？　今は、年間十万人近くも、家出をしたり、失踪したりする人が、いるんでしょう？　昨日まで、ちゃんとした生活をして、大会社に勤めていた人が、ホームレスになる時代じゃありませんか？　きっと、この人も、家があるのに、どこかにドロップアウトしたんじゃありませんか？」

と、本間が、突き放すように、いった。

「なるほどね。自分の家があるのに、失踪ですか。ひょっとすると、北アルプスにでも、行ったのかな」

「それも、人間の一つの生き方じゃないですか？　きっと、どこか、山奥に入って、仙人のような、生活をするのが、夢だったんじゃないですか？」

と、本間が、いった。

「なるほどね。山奥に入って、仙人ですか」

と、十津川は、なぜか、ニヤッと笑った。

「この間、テレビで見ましたよ。サラリーマンが、突然、今までの、生活が、嫌になって、山奥に入って、自分で、あいている土地を耕して、野菜を、作ったりして、自給自足の生活を始めて、二十年も、やっていた。そんな内容でしたよ。そういう人って、今の時代、この世の中には多くなったんじゃありませんか？」

と、本間が、いった。

「なるほどね。わかりますね。この私も、時々、刑事の仕事が、嫌になって、どこか、山奥に、一人で入って、そこで、一ヵ月か二ヵ月過ごしたいと、思うことがあるんですよ。ストレスが溜《た》まっているんですかね。最近の、都会の人間には」

「その線で、調べたらどうですか？　あ、そうか、十津川さんは、捜査一課だから、失踪人の調べなんか、できないのか」

と、本間は、笑った。妙に度胸が、すわった。

「そうなんですよ。失踪人は、私の管轄《かんかつ》じゃありませんからね。しかし、何か、この橋爪恭介という男が、引っかかりましてね」

と、十津川は、思わせぶりに、いった。

「どこが、引っかかるんですか?」

と、本間が、きく。

「ひょっとすると、この男は、九月五日の殺人事件に、関係しているんじゃないか、そんな、気がするんです」

「どうしてですか?」

と、本間が、きいた。

「まあ、別に理由は、ないんですが、しいていえば、八王子の人間だから、ということでしょうかね」

「ただ、それだけですか? 少しばかり、強引すぎるんじゃありませんか? 僕は、今もいったように、今までの生活が、嫌になって、姿を消したんだと、思いますがね」

と、本間が、いった。

「そうですね。そうだ、その線で、もう一度、長野県警と、協議してみましょう」

そういって、十津川は、帰っていった。

8

本間は、蒸気機関車の台車に、腰を下し、ゆっくりと、機関車を走らせた。紐を引いて、汽笛を鳴らす。白煙が出る。短い線路だから、すぐブレーキを、かけなければならなかった。停めてから、また、バックさせる。

そんな、作業を繰り返しながら、本間は、十津川という警部が、来た理由について、考えていた。

理由は、わかっている。昨日、松本に行ったというから、きっと、長野の県警から、照会があったのだろう。

浅間温泉の無料駐車場に、八王子ナンバーの車が停まっていて、その車の所有者は、八王子に住む、橋爪恭介だと知らされた。

そこで、あの警部は、九月五日の、殺人事件との関連を、調べるために、部下の亀井という刑事と一緒に、松本に飛び、浅間温泉の駐車場で、あのワンボックスカーを、見たに違いない。

そして、この車が、いや、車の持ち主が、九月五日の事件と、関係があるのかどうか、自分の反応を試すために、今日、ここに、来たのに違いなかった。

それで、カマを、かけてきたのだ。

本間は、そのカマには、引っかからない筈だったが、しかし、自分が、少しばかり饒《じよう》舌《ぜつ》になり過ぎたことを、後悔した。

向こうは、海千山千の刑事だから、本間が普段よりも、饒舌になったことで、何かを、感じたかも知れない。

それに、指紋や血痕のことも、気になった。

あの車を、駐車場に放置する前に、念を入れて、車内の指紋を消したつもりだった。

しかし、ひょっとすると、一つぐらい、拭き忘れたものが、あるかも知れない。

いや、もし、それが、あったとすれば、あの警部は、それについて、本間を、問い詰めているだろう。何もいわずに、帰ったところを見ると、本間の指紋は、見つからなかったのだ。そう思った。

ホッとして、模型の蒸気機関車を、車庫の中に、しまおうとしてから、小さなスコップが無くなっていることに、気がついた。

石炭をくべるために、買った、長さ十二センチの、小さなスコップである。いくら探しても、見つからない。

本間の顔が青ざめてきた。

今日、模型の蒸気機関車を、動かしている時は、間違いなく、あのスコップは、あったのだ。あのスコップで、石炭をくべたのである。

そのスコップが、無くなっているということは、あの十津川という警部が、そっと、持ち帰ったのではないか？

もし、そうだとすると、十津川が、持ち帰った理由は、わかる。

あのスコップに、付いている、本間の指紋を、採るために違いなかった。

ということは、あのワンボックスカーの車内に付いている指紋と、照合するつもりではないのか？

もし、それが、一致してしまったら、あの警部は、容赦なく、そこを、突いてくるだろう。

ヘタをすると、橋爪恭介という男を、殺したことが、わかってしまうかも知れない。そう思うと、不安が、どんどん、大きくなっていった。

買物から帰ってきた、妻の夏子が、そんな本間の顔を見て、

「どうしたの？　何があったの？」

と、きいた。

「いや、何もないんだ。何も、ある筈がないじゃないか」

と、本間は、いった。

「でも、顔色が悪いわ」

と、夏子が、いう。

「風邪を引いたのかも知れない。風邪薬を飲むよ」

と、本間は、いった。

本間は、もう一度、庭一帯と、ホビールームを調べてみたが、千二百円で買った、小さなスコップは、見つからなかった。

やはり、あの十津川という警部が、持ち去ったに違いない。

それからの二、三日、本間は、落ち着けなかった。いつ、十津川警部が、M住建の本社を、訪ねて来るか、それとも、八王子の自宅を、訪ねて来るか、わからなかったからである。

しかし、五日経っても、六日経っても、十津川は、現れなかった。

どうやら、持ち去ったのは、十津川警部に違いないだろうが、あの小さな、細いスコップからは、本間の指紋が、検出できなかったのか、それとも、指紋は検出されたが、ワンボックスカーの車内で、採取した指紋とは一致しなかったのかの、いずれかだろう。

どちらにしても、十津川警部は、見込みが、外れたに違いなかった。

一週間も経つと、本間は、そう決めて、安心した。

橋爪恭介の失踪は、ニュースにも、ならなかった。おそらく、何人もいる、失踪者の一人として、マスコミが、片付けたに違いなかったし、警察も、それについて、コメントしなかったのだろう。

本間は、すべてを忘れて、仕事に、集中することにした。とにかく、仕事をしっかりしなければ、M住建を、辞めることに、なるかも知れないし、間もなく、生まれてくる子供のためにも、仕事を失うことは、許されなかった。

そう決めてしまうと、営業八課という最悪の場所に、置かれたことが、逆に、励みになった。

今まで、営業八課は、黒字を出せなくて苦しんでいる。ここでもし、本間が仕事をして黒字を出せば、それによって、彼は認められるだろう。そう思ったのだ。

本間は、中古物件を、五件担当して、売れそうな相手に、電話をかけ、そこを訪ねて行き、また、その物件にも、自分で足を運んで、当たってみた。

そして、簡単な、リフォームで、高く売れそうだと判断したら、その旨《むね》を、上司に進言した。

一週間もしないうちに、彼の担当した五つの物件のうちの、二つが売却された。それも、値下げをせずに、である。

これまで、営業八課では、ほとんどの物件を、大幅に値下げをして、売却していた。それが、値下げをせずに、売れたということは、大きな功績として、認められた。

上司は、営業八課の社員に向かって、

「みんなも、本間君の仕事ぶりを、見習って欲しい。今、営業八課が持っている物件を、すべて売却できれば、黒字になって、ボーナスも、払えるんだ。もし、今までのように、売れ残ったり、あるいは、大幅な値引きで、何とか売ってしまうと、当然、営業成績は、赤字になって、この会社を辞めて貰《もら》う人間を、出さなければならなくなる。それを考えて、頑張ってくれたまえ」

と、半分、本間を持ち上げ、半分、八課の社員を脅かした。

本間は、そのことを、帰宅して、妻の夏子に話した。

「このままいけば、暮のボーナスは、いつもより、余計に出そうだよ」

と、本間は、誇らしげに、夏子に向かって、いった。

夏子は、嬉しそうな、顔をしたが、

「これって、どういう、風の吹き回しなの？」

と、きいた。

「何が？」

「正直に、いいましょうか。ここのところ、あなたって、何か、落ち込んでいるみたいで、心配だったのよ。それが、急に、元気になったので、驚いているわけ」

と、夏子は、笑いながら、いった。

「いいじゃないか。仕事が、うまく行って、元気になったんだ。今だから、正直にいうけどね。今まで右肩上がりだった、うちの会社の、営業成績が、うまく行ってなかったんだ。それで、上司に頼まれて、配置転換をしたんだけど、それでうまく行って、みんな、喜んでいる。だから、僕も、ホッとしているんだよ」

と、本間は、いった。

「じゃあ、今年の暮のボーナスは、期待していいのね？」

と、夏子が、いった。

「そんなに、過大な期待をしてもらっても、困るんだけど、このまま、僕が頑張れば、暮のボーナスは、必ずアップすると、思うよ」

と、本間は、確信を持って、いった。

「それで、あのほうは、大丈夫なの？」

と、夏子が、きいた。

「ああ。あれは、もう解決したよ」

と、本間は、いった。

「君がいった通り、あの事件のことは、もう、新聞にも載らないし、誰も、口にしなくなってるんだ。警察だって、そのうちに、あきらめると思っているよ」

「だから、いったでしょう？　放っておけば、みんな忘れてしまうのよ。くよくよ、考えることなんて、ないんだから」

夏子は、得意そうに、いった。

「その通りだよ。もう、心配はない。それより、お腹の赤ちゃんのほうは、順調なのか？」

「ちゃんと、田中《たなか》先生に診《み》て貰《もら》ってるわ。すこぶる順調ですって」

「そうか。間もなく、僕も父親になるのか」

本間は、ニッコリした。

全て、うまくいく。いや、いかせてみせると、本間は、自分にいいきかせた。

第四章　新たな悪夢の始まり

1

十津川と亀井は、早朝の、八王子駅にいた。ホームにいる客は、ほとんどが、都心に向かうサラリーマンだった。

十津川と亀井も、背広を着て、ネクタイを締め、一応、サラリーマンの格好をして、ある人間を、待っていた。

本間英祐、四十二歳が、ホームに現れる。今朝もいつもと同じように、妻の夏子が、家から駅まで、車で送ってきたのだろう。

きちんと、背広を着て、ネクタイを締め、鞄《かばん》を提《さ》げている。そして、いつものように、七時九分、八王子発の、東京行き通勤特別快速に乗る。それも、いつも、3号車と、決まっている。

十津川と亀井も、同じ3号車に乗った。

七時九分発の通勤特別快速に乗ると、座れる場合もあれば、座れない場合もある。座れなくても、終点の東京まで、五十八分だから、さほど、苦には、ならないだろう。

今日の本間は、座れたようで、座席に腰を下すと、すぐに、新聞を取り出して、読み始めた。

十津川と亀井は、同じ車輛の、端に並んで立って、時々、本間のほうに、目をやっていた。

七時二十六分、国分寺《こくぶんじ》に着くと、ここで、どっと、通勤客が乗ってきて、電車は、ほぼ満員になった。

その後、何事も起きず、電車は、八時七分、東京駅に着いた。

どっと、通勤客が、吐き出される。

本間は、八重洲口の、改札口を出て、歩いて五、六分の職場、M住建に、向かっていく。

十津川と亀井は、それを、確認してから、M住建本社の見える、八重洲口の、喫茶店に入り、モーニングサービスを注文した。

コーヒーとトーストと半熟卵が運ばれてくる。

それを、口に運びながら、

「今朝は、何も起きませんでしたね」

と、亀井が、いった。

「そうだな。本間は、ずっと、新聞を読んでいたな」

「普通のサラリーマンに、見えますがね」

と、亀井が、いった。

「ここ一週間ばかり、西本《にしもと》刑事たちに、毎朝の通勤の様子と、会社を終わってからの、本間を監視させているのだが、何事も、起きていない」

と、十津川は、いった。

「しかし、九月五日に、中村健治が、殺された直後は、かなり、動揺していたんじゃありませんか？」

と、亀井が、いった。

「そうなんだよ。会社でも、仕事がうまく行かないらしくて、営業八課に、配置転換された。営業八課というのは、あのM住建の中では、前々から、どうにも、冴《さ》えない課でね。いわば、一種の左遷で、がっくりしていたんだが、ここへ来て、本間は、急に、張り切って、仕事を、やり始めたんだ。きいたところでは、営業成績も、上がっていて、M住建でお荷物といわれた営業八課が、立ち直って来ているらしいんだ」

と、十津川が、いった。

「どういう、心境の変化なんでしょうか？」

と、亀井が、首を傾《かし》げて、

「何か、いいことでもあったんですかね？」

「それが、わからないんだ。あそこの、カミさんは、気が強そうだし、妊娠しているからね。それで、カミさんに、ハッパをかけられたのかな？」

「それぐらいのことで、急に、張り切って、仕事を、するでしょうか？」

「ほかに、一つだけ、考えられることがあるとすれば、八王子に住む、橋爪恭介という三十歳の男が、行方不明になったことぐらいかな」

と、十津川が、いった。

「その橋爪ですが、いまだに、行方不明で、発見されていませんね」

「そうなんだよ。浅間温泉で、橋爪の車が、発見されたが、橋爪自身は、どこに行ったのか、依然として、わからない」

「確か、橋爪は、独身で、今流行《はや》りの、フリーターでしたね？」

「一応、そうなっている」

「傷害の前科が、あったんじゃありませんか？」

「確かに、傷害の前科がある。それに、気が短いという評判だが、しかし、そんな若者は、ザラにいるからね。特別に、凶暴というわけでも、ないんだ」

「警部は、その橋爪恭介の失踪と、本間とが、何か、関係があると、思っていらっしゃるんですか？」

と、亀井が、いい、更に付け加えて、

「警部は、こう考えて、おられるんじゃないんですか？　九月五日に、八王子で、殺人事件が起きた。殺されたのは、中村健治という男で、本間とは、朝の通勤電車で一緒になって、それで知り合いになった。その男が、殺されて、容疑者は、三人の若い男と、思われています。それを、本間が、目撃したのではないか。少なくとも、顔を知っているのではないか。行方不明になっている橋爪という男は、その中の一人ではないのか。ひょっとすると、本間が、橋爪を殺したのではないか。警部は、そう思われているんじゃありませんか？」

十津川は、うなずいて、

「確かに、カメさんのいう通り、そんなふうに、考えることもある。しかしね、カメさんも知っているように、橋爪の死体は、まだ、見つかっていないんだ。彼の車だけが、遠く離れた、浅間温泉で、発見された。橋爪が、今の生活が、嫌になって、突然、浅間温泉近くの、静かな場所に、入り込んでしまったのか、要するに、ドロップアウトしたのではないか、そういうことだって、考えられるんだ。それにだね、ずっと、本間という男を、観察したり、調べたりしているんだが、どう考えても、本間は、人殺しが、できるような男じゃないんだ」

と、いった。

「確かに、評判では、仕事熱心なサラリーマンで、ケンカ一つ、したこともない。それに、最近、二千万円のローンを組んで、家を新築した。奥さんは、気の強い女性で、尻に敷かれている。まあ、そのほうが、家庭は、うまく行くんでしょうが。唯一の趣味といえば、鉄道模型づくりです。これだって、いかにも、サラリーマンらしい、趣味だと思いますね」

と、亀井が、いった。

「それで、本間の出た小学校から、大学までを、全部調べてみたんだよ」

と、十津川は、いった。

「小中高時代は、どちらかといえば、いじめられっ子だったが、案外、要領がよくて、いつも、強いほうのグループに、入っていたから、それほど、ひどいいじめは、受けなかったらしい。といって、ケンカをしたこともないという、目立たない大人しい少年だったらしい。普通、男の子というのは、サッカーをやったり、野球をやったりするものだが、スポーツは、あまり、やっていなかったらしい。高校でも、運動部に、所属していたことはなくて、数人で、同人雑誌みたいなことを、やっていたといわれている。そこでも、別に、目立ったことは、なかったときいた。誰にきいても、本間が、ケンカをしたのを見たことがないというんだ。たぶん、ケンカが、怖かったんだと、思うね。大学でも、趣味として運動をしていたようだが、運動部に、属していたということは、きいていない。勉強家だったという人は、いる。といって、ずば抜けて、成績がよかったということもない。まあ、いってみれば、普通の、大人しい学生ということだな。もちろん、前科もない。大学を卒業してから、M住建に、入ったのだが、そこでも、よく働くサラリーマンだといわれていて、それ以上の話は、きいたことがない」

「学生時代も、サラリーマン時代も、ケンカしたことがないんですか？」

と、亀井が、きいた。

「そうだよ。普通の人間というか、少しばかり小心な人間なんだろう。ケンカ自体が、嫌いなのかも知れないね。そういう人間は、いるものだよ」

と、十津川は、いった。

「なるほど。どう見ても、人が殺せそうにはありませんね」

と、亀井が、いった。

「だから、悩んでいるんだ。私はね、ひょっとすると、橋爪恭介という男を、本間が殺したんじゃないかと、思っているんだが、いくら調べてみても、本間は、人殺しが、できるような人間じゃないんだ」

と、十津川は、いった。

「橋爪恭介の、仲間のほうは、どうなんですか？　つまり、いつも、三人揃っていて、それが、九月五日の夜、中村という青年と、ケンカして、殺してしまった。それを、たまたま、本間が、見ていたのに、彼は、勇気がなくて、黙ってしまった。そういうストーリーが考えられますね」

と、亀井が、いった。

「私も、同じように、考えたから、橋爪恭介と仲のいい人間が、いるかどうかを、調べてみたんだよ」

と、十津川が、いった。

「それで、どんなことがわかりました？」

「八王子市内には、若い連中が集まる、溜《た》まり場のようなところがある。スナックだったり、バーだったり、あるいは、カラオケボックスだったり、時には、雀荘だったり、するんだが、橋爪は、その、いろいろな場所に、顔を出しているんだ。そこで、同じ三十歳前後の男や、あるいは、二十代の若者たちと、ワーワー騒いでいるらしいんだが、三人に限定することが、なかなかできなくてね」

と、十津川は、いった。

「もし、橋爪と親しい人間が、二人いるとすると、その二人は、橋爪が、いなくなったんで、一生懸命、探しているんじゃありませんか？」

「その点も、西本刑事たちに、調べさせているんだが、特に、橋爪のことを、心配している若者が、なかなか、見つからないんだ。それだけ、連中の、連帯感が、薄いということなのか、それとも、自分たちに、警察の目が、向くのが怖くて、知らん顔をしているのか、そこが、わからないんだよ」

と、十津川が、いった。

「橋爪恭介が、行方不明になってから、今日で、もう、二週間以上経ったんじゃありませんか？」

「正確にいえば、十六日経っている。それなのに、依然として、橋爪の行方は、不明だ」

「彼が乗り捨てた車から、何か、発見できないんですか？」

と、亀井が、きいた。

「今も、念入りに、調べているんだが、これといったものは、発見できていない。ただ、鑑識の話によると『車のハンドルや、ドアのノブなどから、指紋が、まったく検出できない』といっている。つまり、誰かが、指紋を消しているんだ。それは、橋爪本人かも、知れないし、第三者かも、知れない」

と、十津川は、いった。

「本人が、指紋を消すということは、普通は、考えられないんじゃありませんか？」

と、亀井が、いった。

「確かにね。だとすると、誰かが、指紋を、消したことになる。そうなると、橋爪が殺された可能性が強くなるんだが、しかし、犯人は、なぜ、橋爪の車を、浅間温泉まで運んでいったのかという疑問が出てくる」

と、十津川は、いった。

「犯人が本間なら、車を、浅間温泉まで運んでいった理由が、何となく、わかりますね」

と、亀井が、いった。

「確かに、そうだな。車が、八王子で、発見されたのでは、自分が、疑われる。そう考えて、車を、浅間温泉まで運んでいって、そこで乗り捨てたか？　しかし、死体は、どうしたんだろう？」

と、十津川は、いった。

「浅間温泉の近くに、死体を捨てたんじゃありませんか？」

と、亀井が、いった。

「しかしね、あの辺に、死体を捨てるような場所があるだろうか？　考えられるのは、近くの山に埋めることだが」

と、十津川は、いった。

「八王子で、本間が、橋爪を殺したとします。そこから、本間が車で、浅間温泉まで、行った。その途中で、死体は、始末したんじゃありませんか？」

と、亀井は、いい、手帳を広げて、そこに、長野県の簡単な地図を描いた。

「八王子で、橋爪を殺して、車で、浅間温泉まで運んだとします。とすると、中央本線に沿って、車を、走らせることになります。すると、途中で、諏訪湖のそばを、通りますから、湖に捨てることも、可能だったんじゃありませんか？」

と、亀井が、いった。

「なるほどね。諏訪湖に、死体を捨てたか。それで、湖畔に、車を置いておいたのでは、湖に死体を捨てたことが、わかってしまうので、さらに、北上して、浅間温泉まで運んでいって捨てた。確かに、その可能性はあるがね」

と、十津川は、いった。

「問題は、なぜ、本間が、橋爪を殺したかということになりますね。それに、本間のような小心な男が、橋爪を殺せるかどうか、それも問題ですが」

と、亀井が、いった。

「人間は、突然、変わるがね」

と、十津川が、いった。

「そんなに、変わりますか？」

「われわれの捜査だって、そんな人間に、時々ぶつかるじゃないか。こんな気弱な人間に、人を殺せるはずがないと、思うのに、現実に、人殺しをしているからね」

と、十津川が、いった。

「確かに、そうですが、それには、動機が必要ですよ」

と、亀井が、いった。

2

「確かに、そうだ。人間が急変するには、それなりの理由が、必要だ。窮鼠《きゅうそ》、猫を嚙むのだって、ネズミは、追い詰められなければ、猫には向かって行かない。とすると、何かの理由で、本間は、橋爪に、追い詰められていたことになる」

と、十津川は、いった。

「それが動機ですか？」

と、亀井は、考え込んで、

「本間は、むしろ、橋爪から、脅かされていたわけでしょう？『自分たちのことを、しゃべるな』っていわれて。だから、本間は、脅《おび》えて、じっと黙っていた。われわれは、そう考えています。普通に考えると、本間が、橋爪を殺す理由が、出てきませんが？」

「確かに、本間は、脅かされるままに、口をつぐんでいたんだから、彼が、怖い橋爪を殺す理由は、見当たらない」

と、十津川は、肯《うなず》いてから、

「すると、何か、別の理由が、あったのかも知れないな」

と、いった。

「別の理由というと、何ですか？」

「いちばん考えられるのは、金だ」

と、十津川が、いった。

「橋爪が、金をゆすったということですか？」

と、亀井が、きいた。

「フリーターといえば、昔は、格好よかったが、今は、定職がなくて、フリーターをやっているという連中が、多いんだ。いわば、失業者だよ。だから、金が欲しい。それに比べて、本間のほうは、家を新築して、美人の奥さんがいて、休みの日には、庭で、模型のSLを動かしている。橋爪から見れば、うらやましい境遇に、見えるんじゃないかなあ。だから、最初のうちは、自分たちのことで、本間の口を封じていれば、いいと思っていたが、そのうち、本間の弱さに、つけ込んで、金をゆすろうと考えたのかも知れない」

と、十津川は、いった。

「しかし、本間のほうは、家を新築したといっても、二千万円もの、借金をしているんです。それに、近く、子供も生まれる。金を要求されたって、払えるはずが、ありませんよ」

「だから、逆襲したんじゃないのか。もし、窮鼠、猫を嚙むという、ことわざが当たっていれば、本間が、窮鼠になった理由は、橋爪から、金をゆすられたことぐらいしか、考えられないんだがね」

と、十津川が、いった。

「橋爪の、仲間の話だと、彼は、いつも、護身用にナイフを、持っていたという。そのナイフが、車の中から、発見されないんだ。とすると、橋爪が、そのナイフで、本間を脅かして、金をゆすろうとしていて、もみ合って逆に、死んだのかも知れない」

と、十津川は、いった。

「橋爪が、都会の生活に、疲れて、ドロップアウトしたことも、考えられるわけでしょう？」

と、亀井が、いう。

「これも、橋爪の、仲間たちに、きいたんだが、もし、都会から、消えるとしたら、どこに行きたいかと、皆で話し合ったことが、あるらしい。その時、橋爪は、沖縄と答えたらしいんだ。『沖縄なら、住んでみたい』といっていたそうだ。だから、浅間温泉や北アルプスというのは、彼が、ドロップアウトする場所としては、考えにくいんだよ」

と、十津川は、いった。

「とすると、やっぱり、窮鼠、猫を噛むで、本間が、橋爪を殺したということに、なりますか？」

と、亀井が、いった。

「それにだ。橋爪が、行方不明になった頃から、急に、本間が、会社で、精彩を、放ち始めているんだ。それまで、営業八課に左遷されるということで、がっくりしていたのが、突然、張り切り出してね。今は、彼が先頭にたって、営業成績を、上げているらしい」

と、十津川が、いった。

「それは、つまり、窮鼠、猫を噛むで、本間が逆襲して、橋爪を殺してしまった。それで、度胸がついて、何事にも、積極的になったということでしょうか？」

「そうじゃないかと思っているんだが、今のところ、全て、推測にすぎないんだよ」

と、十津川が、いった。

「M住建の営業八課というと、確か、中古物件の、販売でしたね」

と、亀井が、いった。

「そうなんだ。今、中古物件が、マンションでも、事務所でも、なかなか売れない。それで、値段を、ずっと下げて売るんだが、それじゃあ、売れても、赤字になってしまう。だから、どの不動産会社でも、中古物件の販売というのは、日の当たらない場所に、なるんだ。それで、本間も、配置がえのときは、意気消沈していたらしいんだが、今もいったように、橋爪が、消息を絶った頃から、急に張り切り出してね。その中古物件をうまく売って、利益を、上げているんだ。それが、私には、引っかかるんだ」

と、十津川は、いった。

「わかります」

「さっき、カメさんは、八王子で殺したので、死体を、浅間温泉に行く途中の、諏訪湖に沈めたのではないか、そういったね？　イチかバチか、諏訪湖を、調べてみるか」

と、十津川が、いった。

「調べてみる価値は、あると思います」

と、亀井も、応じた。

長野県警に頼んで、諏訪湖の周辺を、調べてもらうことになった。そのために、十津川が、一人で、長野県警に、挨拶《あいさつ》に行った。

長野県警では、中島《なかじま》という警部と会い、東京の事件について説明し、自分の推理も、話した。

中島は、諏訪湖の地図を、テーブルの上に広げて、

「昔は、ヘドロが、溜まって、湖は、相当汚くなっていましたが、最近は、ヘドロを、全

部かき出して、その上、湖周辺の下水も、整ってきたので、だいぶ、きれいになりました。それに、死体を、沈められるような場所は、限られていますから、調べるのは、それほど、難しいことでは、ありません」

と、いってくれた。

その二日後に、中島警部から、電話がかかった。

「まだ、死体は、見つかっていませんが、死体の代わりに、ゴミ袋に入れて、沈められていた背広が、見つかりました」

と、中島は、いった。

「どんな背広ですか？」

と、十津川が、きくと、

「よく、サラリーマンが着る、紺色の背広ですよ。内側に付いていたと、思われるネームが、取られていて、名前は、わかりません。身長百七十センチぐらいの人間が、着ていた背広だと、思われます」

と、中島が、いった。

(橋爪のものではないな)

と、十津川は、思った。

橋爪という男は、フリーターで、正式に会社勤めを、していないから、紺色の背広など、着ないだろう。もし、それが、今回の事件に関係しているとすれば、加害者の背広ということになる。

「とにかく、その背広を、見に行きます」

と、十津川は、いった。

3

十津川は、その日のうちに、亀井と二人で、長野県警を訪ね、問題の背広を、見せてもらった。

紺色の上着である。真新しいもので、MAという、背広を作ったメーカーの名前が、入っていた。いいものだが、既製品は、既製品だった。

中島警部のいう通り、ネームが剝ぎ取られてしまっている。

「背広の前面に、血液反応が、あったので、調べておきました。間違いなく、人間の血液だそうです」

と、中島は、いった。

「血液型は、わかりましたか？」

と、亀井が、きいた。

「B型だそうです」

と、中島が、いった。

「これが、諏訪湖の水中から、見つかったそうですが、どのくらい、水に浸っていたのか、わかりますか？」

と、十津川が、きいた。

「ゴミ袋に入れられて、重しを、付けられて沈められていたので、それほど、濡れてはいないんですよ。ですから、何日かということは、ちょっと、わかりません」

と、中島は、いい、続けて、

「死体の発見には、これからも全力をつくしますよ」

その言葉を受けて、十津川と亀井は、背広の上着だけを、持って、八王子の捜査本部に、戻った。

本間の血液型と、行方不明になっている、橋爪の血液型を調べてみる。

本間の血液型は、AB型、そして、橋爪の血液型は、B型とわかった。

しかし、B型の血液型の人間は、多いから、簡単に、背広の上着に、付いていた血液が、橋爪のものであると、断定することは、できなかった。

さらに二日経ったが、長野県警からは、

「依然として、十津川さんのいわれる死体は、見つかりませんね。この諏訪湖には、死体は、沈んでいないのかも知れませんよ」

と、いってきた。

それを受けて、十津川は、亀井に、

「もう一度、考え直してみようじゃないか」

と、いった。

「八王子の市内か、あるいは、周辺で、本間が、橋爪を殺したとする。とすると、橋爪の車で、その死体を、諏訪湖まで運んだことになってくる。そういうことは、あり得ることだろうか？」

と、十津川が、いった。

「考えられると思いますが、死体を運ぶにしては、確かに、少しばかり遠いですね」

と、亀井が、いった。

「本間にしてみれば、すぐにでも、死体を、始末したいと思うんじゃないか。それにだ、もし、夜、橋爪を殺したとする。犯人としてみれば、死体を車で、諏訪湖まで運んで投げ捨て、それから、さらに、車を、浅間温泉まで運んで、それから、戻ってくるとなると、かなりの時間が、かかってしまう筈だ。当然、そうなると、妻の夏子にも、疑われることになる」

と、十津川は、いった。

「となると、二日がかりに、なりますね」

と、亀井が、いった。

「たぶん、そうなると思う。だから、犯人は、まず、死体を八王子の近くで隠し、それから、翌日になって、車で、諏訪湖まで行って、血の付いた自分の服を捨て、そのあと、さらに、北上して、浅間温泉に、車を乗り捨てる。そんなことを、したんじゃないかな。そうすれば、奥さんにも、疑われないからね」

と、十津川が、いった。

「警部のいわれるように、本間が、橋爪を殺した日の夜、八王子の近くに、死体を隠し、翌日、諏訪湖から浅間温泉に、行ったとしますと、八王子の近くに、死体を隠すところが、あるでしょうか？」

「いちばん考えられるのは、奥多摩だな。奥多摩の、山中に埋めた。あるいは、奥多摩の先の、相模湖《さがみこ》に捨てた。そういうことが、考えられるんだが」

と、十津川が、いった。

「もし、自分が犯人で、八王子の周辺で、殺したら、死体は、まず、奥多摩の山中に隠しますね」

と、亀井が、いった。

すぐ、奥多摩の地図が、持ち出された。

十津川は、西本刑事たちにも、その地図を、見させた。

「この奥多摩に、死体を隠すとしたら、どこがいいと、思うかね？」

と、十津川は、刑事たちの顔を、見回した。

「奥多摩といっても、ずいぶん広いんですね」

と、西本は、感心したように、いい、

「もちろん、奥のほうに、行けば行くほど、発見されにくいでしょうが、しかし、それほど、山奥に行ったとは、思えません」

「そうなんだ。われわれは、あくまでも、本間が、犯人と考えているからね。本間は、サラリーマンで、毎日、自宅に帰らなければならない。だから、行動範囲は、限られていると、思う。奥さんに、怪しまれないように、死体を埋め、その日の中《うち》に、帰宅しなければいけないからね」

と、十津川は、いった。

「まず、八王子から、半径五十キロの円を描いて、その中を調べてみようじゃありませんか?」

と、亀井が、いった。

人家が、近くにない場所、そして、八王子から五十キロ圏内、さらに、車で、近くまで行ける場所とした。本間は、死体を、橋爪の車で、運んだと、考えられるからである。

さらに、青梅警察署や、消防関係の協力を得て、大々的に、死体探しが始まった。

三日経って、やっと、奥多摩のある地点で、死体が、発見された。

死体は、地面から、一メートルほど、掘ったところで、発見されたのだが、すでに、腐乱が、始まっていた。

死体は、間違いなく、行方不明になっている橋爪恭介だった。

司法解剖の結果、死体は、胸を刺されており、出血多量が、死亡原因とわかった。

死亡推定時刻は、十月二十四日の午後八時から十二時とされた。

死亡推定時刻の、幅が広いのは、長い間、地中に、埋められていたからだろう。

十津川は、その時間帯よりも、十月二十四日の翌日が、休日であることに注目した。翌日が、休日だからこそ、犯人の本間は、その休みを、利用して、橋爪の車を、浅間温泉まで運ぶことができたに違いないと思ったからである。

その途中の諏訪湖で、血の付いた自分の背広を、ゴミ袋に入れて、重しを付け、捨てたに違いないのだ。

4

本間は、凶器も、その時、諏訪湖に捨てたに違いない。まだ発見されていないが、十津川は、そう確信した。

新聞とテレビが、奥多摩で、発見された死体について、大きく報道した。

しかし、だからといって、すぐには、本間を、殺人容疑で逮捕することは、できなかった。証拠がないのだ。

その翌日、十津川と亀井は、また、八王子駅から、東京行きの、通勤特快に乗った。本間の様子を見るためだった。

本間は、同じように、八王子発、七時九分の東京行きの、通勤特快に乗ったが、座席に腰を下すと、いつものように、すぐに、新聞を広げた。

十津川と亀井は、それを、遠くから、ほかの乗客ごしに、眺めた。

「事件のことが、新聞やテレビで、報じられたのに、さほど、狼狽しているようには、見えませんね」

と、亀井が、小声で、いった。

「そうだな」

と、十津川は、肯《うなず》く。

「いずれ、死体が、発見されると、覚悟していたのかも知れませんね。だから、それほど狼狽していない、そんな感じですよ」

と、亀井が、いった。

次の休日、十津川は、一人で、本間の家の近くを歩いた。

本間は、いつものように、庭に敷いたレールの上に、自分で作った、蒸気機関車の模型を、引き出して、楽しそうに、動かしていた。

十津川が、垣根越しに、声をかけると、本間は、ニッコリと微笑して、

「いつかの、刑事さんですね」

「本間さんも、相変わらず、蒸気機関車と、遊んでいますね。楽しそうだ」

と、声をかけた。

「楽しいですよ。十津川さんも、ＳＬ模型を作ったらどうですか？　よかったら、作り方

を、お教えしますが」

と、いう。

(ずいぶん、変わったな)

と、十津川は、思った。

九月五日の、八王子の、殺人事件の直後には、この男は、こうやって声をかけると、敏感に、反応したものだった。それは、何かに、脅《おび》えているように、見えた。

そして、ちょっとした、十津川の言葉に、怒り出していたのだ。

それが、今は、どうだろう？

妙に、落ち着き払っている。まるで、人間が、変わってしまったように、見える。

(人を一人、殺してしまったので、それで、度胸が、付いたのか)

と、十津川は、思った。

「ニュースを、見ましたか？　八王子に住む橋爪恭介という、若い男が、死体で発見されましてね。奥多摩に、埋められていたんです」

と、十津川は、いってみた。

どんな反応を、示すかと思ったのだが、本間は、顔色も、変えず、

「そのニュースなら、見ましたよ。あれ、例の、青年じゃありませんか？　確か、浅間温

泉のほうで、車が、発見されたという」

と、いった。

「そうなんですよ」

と、十津川は、肯き、庭に入っていって、しゃがみ込むと、本間と一緒に、蒸気機関車を、眺めた。

「橋爪恭介という男が、車を、浅間温泉の駐車場に、置いたまま、失踪してしまったので、何か、事件に、巻き込まれたのではないかと思って、探していたんですが、奥多摩で、死体で発見されたんです」

「確か、ニュースでは、殺されたと、出ていましたが？」

と、本間が、いう。

「そうです。ナイフで、胸を刺されて、死んでいました。この件について、何か、心当たりは、ありませんか？」

と、十津川が、きいた。

「そういわれましてもね。僕は、橋爪恭介という人に、会ったことが、ないし、だから、別に感想もないんですよ。気の毒だとは、思いますが」

と、本間は、いった。

その声に、震えはないし、脅えても、いなかった。

「本間さんは、諏訪湖に、行かれたことが、ありますか？」

と、十津川は、話を変えた。

「一度くらいは、行ったことが、ありますよ。車でね。その時は、家内と一緒でした。確か、あそこに、間欠泉《かんけつせん》があって、それがきれいでしたよ。それは、覚えています」

と、本間は、いった。

「十月二十四日の夜は、どこで、何をなさっていたか、覚えて、いらっしゃいますか？」

と、十津川は、きいた。

「十月二十四日ですか？　ずいぶん、前の話ですね」

と、本間は、いい、

「よく覚えて、いませんね。たぶん、まっすぐ、会社から帰ってきたか、あるいは、一人で飲んでいたかも知れません。いずれにしても、はっきりは、覚えていませんよ」

「実は、翌日が、休日なんですが、十月二十五日は、どうなさっていましたか？」

と、十津川が、きいた。

「休日は、なおさらわかりませんね。普通の日なら、会社に行って、帰宅するまでは、仕事をしていますので、はっきりしていますが、休みの日になると、寝坊して、何時に起きたのかも、わからないし、休みなので、ドライブを、楽しんだかも知れませんし——」

と、本間が、いった。

「ひょっとして、十月二十五日の休みの日は、車で、諏訪湖方面にでも、ドライブしたんじゃありませんか？」

と、十津川が、きくと、本間は、苦笑して、

「刑事さんが、そんな、誘導訊問みたいなことをしちゃ、困りますよ。僕が、諏訪湖方面に、ドライブしたといったら、僕を、犯人扱いするんじゃありませんか？　とにかく、よく覚えていないんですよ。誰だって、そうでしょう？　突然、その日に、何をしていたかと、いわれても、思い出せませんよ」

と、いった。

どちらも、曖昧な答えである。しかし、今は、これ以上、突っ込むことを、十津川は、差し控えた。証拠がないからだ。

それに、警戒されてしまうと、証拠を、隠滅される、恐れもあった。

「何か、心当たりがありましたら、すぐに、八王子署に、連絡してくれませんか？　捜査本部が、設けられていますから」

と、いってから、十津川は、腰を上げた。

捜査本部では、八王子と、八王子周辺で、橋爪恭介と、親しかった二十代から三十代の、男をピックアップする作業を続けていた。

その数は、十名に、なった。

(この中に、二人だけ、九月五日の、殺人事件で、橋爪と一緒に、中村健治を殺した人間がいるに違いない)

十津川は、そう思った。

しかし、十名の中から、二名を選ぶことは、かなり難しかった。

ただ、橋爪恭介の死体が、奥多摩から発見されている。しかも、胸を刺された、他殺体としてで、ある。

(それが、新聞やテレビで、報道された今、事情が、少し変わってきた)

と、十津川は、思った。

三人組の、残りの二人は、たぶん、他の八人とは違った、反応を、示すのではないか?

それを、しっかりと、見てみようと、十津川は、部下の刑事たちに、いった。

「この二人は、おそらく、橋爪恭介が、本間に殺されたと、考えるに違いない。なぜなら、彼等は、九月五日の殺しの時、本間が、自分たちのことを、見ていることを、知っているからだ。そして、仲間の橋爪が殺されたとなると、犯人は、本間に違いない、たぶん、そう思うだろう。そう思った時、この二人が、何をするか、それを、考えてみたい」

と、十津川は、いった。

「まず、考えられるのは」

と、亀井が、いった。

「復讐じゃ、ないでしょうか？　橋爪を含めた三人は、九月五日に、中村健治を殺しています。もちろん、推定ですが。そして、中村健治の恋人だった、松田裕子も、この三人が殺したと、思われるんです。ですから、殺すことは、平気ですよ、この三人は。いや、残りの二人は。仲間の橋爪が、本間に、殺されたと思えば、すぐ、復讐を考えるんじゃありませんか」

「本間をゆすることも、考えられますよ」

と、いったのは、若い西本刑事だった。

「この十名の若者たちですが、五人は、今流行《はや》りの、フリーター、といっても、いわば、仕事のない連中です。後の五人は、一応、会社員でしたが、最近、さまざまな理由を付けて、会社を、辞めてしまっています。つまり、同じ失業者です。それに、十人とも、家庭が裕福なわけでもない。とすれば、全員が、金を欲しがっていると、思わなければなりません。この中の二人が、橋爪の仲間とすると、その二人も、当然、金が、欲しいに決まっています。彼等《かれら》が、自分の仲間の橋爪を殺したのが、本間だと決めつけたなら、まず、復讐を、考えるでしょうが、しかし、それより、ゆすって、脅かして、金を取ろうとするんじゃないでしょうか。私は、むしろ、本間を殺すよりも、ゆする可能性が高いと思うんですが」

「ほかに、意見のある者は、いないか？」

と、十津川が、いった。

「私も、橋爪の仲間二人は、本間を殺すよりも、むしろ、脅かして金をゆすると、考えます」

と、いったのは、日下《くさか》刑事だった。

「その理由は、何だ？」

と、十津川が、きく。

「橋爪と、ほかの二人の、合計三人ですが、それほど、強い仲間意識を、持っていたのかどうか、疑問だと、思うのです。三人でつるんで、遊んでは、いたでしょうが、しかし、信頼関係とか、あるいは、強い連帯感が、あったとは、思えません。ですから、橋爪が殺されたとわかっても、その仇《かたき》を、討とうという気は、ひょっとすると、薄いんじゃないでしょうか？　それよりも、この機会に、本間から、大金をゆすり取ってやろう、そう思う気持ちのほうが、強いんじゃないでしょうか？」

と、日下は、いった。

「私は、橋爪の仲間二人が、本間を殺すと、考えています」

と、いったのは、北条早苗《ほうじようさなえ》刑事だった。

「君は、どうして、そう思うんだ？」

と、十津川が、きいた。

「私も、西本刑事や日下刑事のいうように、三人の連帯感は、さほど強かったとは、思えません。いわば、遊び友だちだったと、思うのです。ですから、彼等は、本間が、犯人だと思っても、殺すよりも、ゆすって、金を取ろうと、するだろう、それもわかります。しかし、考えてみると、本間は、二千万円の、借金をしていて、その上、奥さんが、妊娠しているわけですから、余分の金は、持っていないでしょう。ですから、いくら、二人がゆすっても、金は、払えないと、思います。そうなると、橋爪の仲間二人は、カッとして、本間を殺すに違いありません。とにかく、橋爪を含めたこの三人は、ちょっとした、いさかいから、中村健治という青年を殺してしまったに違いありませんから、今回もカッとして、本間を殺してしまう可能性が、ひじょうに、強いと思いますが」

と、北条早苗が、いった。

十津川は、北条刑事の言葉を受け、西本と日下に、目をやった。

「君たちは、どう思うかね？　北条刑事の考えでは、橋爪の仲間二人が、本間を脅かして、金を取ろうとしても、本間は、金を払えないだろう。そうなると、二人は、カッとして、本間を殺してしまう。この意見に対して、どう考えるかね？」

と、十津川が、きいた。

「確かに、本間が、金を払うのを、拒否すれば、橋爪の仲間二人は、きっと、カッとして、本間を殺してしまうかも知れません。大いに、可能性があると思います」

と、西本が、いい、日下も、肯いた。

十津川は、改めて、刑事たちの顔を、見回した。

「経過はどうであれ、橋爪の仲間二人が、結果的に、本間を殺す可能性が強いという意見が、大勢を、占めた。われわれとしては、これ以上の殺人は、許すわけには、いかないんだ。本間を死なせるわけには、いかない。それで、どうしたらいいと思うかね？」

と、十津川は、刑事たちに、きいた。

「本間を、殺人容疑で逮捕して、勾留《こうりゅう》してしまったら、どうでしょう？　そうすれば、橋爪の仲間二人も、手を出せないと思いますが」

と、三田村《みたむら》刑事が、いった。

「確かに、本間を逮捕してしまえば、橋爪の仲間二人には、手が出せないだろうが、今の状況では、おそらく、本間には、逮捕状は、出ないよ。状況証拠はあるが、決定的な証拠ではないからね」

と、十津川は、いった。

「任意同行を求めて、事情をきくことは、できるが、しかし、二十四時間以上の勾留は、できません。結局、本間を釈放しなければいけないことになります」

と、亀井が、いった。

「この十人の中の、誰と誰が、問題の二人の仲間なのか、ということです。それが絞れれば、いいのですが」

と、いったのは、西本刑事だった。

十津川は、黒板に書いた十人の名前に、目をやった。

「十人全部に、一人ずつ、刑事を付けて、監視するわけにも、いかないでしょう」

と、亀井が、いった。

「簡単なのは、本間を、二十四時間、監視することだな。まず、それを、交代で、やってみようじゃないか」

と、十津川が、いった。

5

結局、その方針が採られ、翌日から、刑事が二人ずつ、交代で、朝の出勤時から、帰宅するまでの本間を見守ることになった。

翌日、まず、西本と日下の二人が、八王子駅から、本間と同じ、東京行きの、電車に乗ることになった。

「本間は、今、座席に、腰を下して、いつものように、新聞を、広げて、読んでいます。別に、動揺している様子はありませんし、落ち着いています」

と、同じ車内から、西本が、十津川に、携帯で、知らせる。

電車は、何事もなく、東京駅に着き、本間は、八重洲口にある、M住建の本社に、入っていった。

「ただ今、本間は、M住建の本社に、入りました。これから、本社前で、監視に、当たります」

と、西本が、電話をする。

その後、本間は、会社の車に乗って、自分の担当する中古物件を売りに、都内を走り回った。それを、西本と日下の二人が、車で尾行した。

その途中でも、西本と日下は、時間をおいて、十津川に、報告してくる。

「本間は、一所懸命に、仕事をしていますよ。周囲を気にしている気配は、ありません」

と、今度は、日下が、報告した。

この日は、二時間ほど、残業して、本間は、帰宅した。

翌日は、今度は、三田村と北条早苗が、本間の護衛をすることになって、同じように、七時九分発の、東京行きの、通勤特快に、同乗した。

そして、前日と同じように、車内から、十津川に、携帯で、連絡した。

この日も、車内では、何も起きなかった。

出社してからは、部下の一人と一緒に、中古物件の販売に、必死になって、走り回っている。

そして、一時間あまり、残業して、帰宅した。

三日目は、十津川と亀井が、本間の監視に、当たることになった。

今日も同じように、本間は、七時九分発の、通勤特快に乗って、東京に、向かった。

同じ電車に、もちろん、十津川と亀井も、乗る。

「まったく同じ、毎日を、送っていますね」

と、亀井が、小声で、十津川に、いった。

「そうだな。確かに、何も動揺も、見せていないように、思えるね」

と、十津川も、応じた。とすると、橋爪の仲間二人は、何の動きも示していないのか。

八時七分、いつもと同じように、本間を乗せた通勤特別快速は、東京駅に着き、彼は、東京駅の、八重洲口にある、M住建の本社に、入っていった。

そして、今日も、若い部下を、一人連れて、仕事で、東京中を走り回り始めた。それを、十津川と亀井の二人が、車で追いかける。

「このまま、何事も起きずに、いてくれればいいんですが」

と、亀井が、いった。

「しかしね、このままでは、事件も、解決しないんだ」

と、十津川が、いった。

「その通りですが、何か、きっかけをつかんで、本間と同時に、橋爪の仲間二人も、逮捕できれば、いいんですが」

と、亀井が、いった時、十津川の携帯が、鳴った。

十津川が、出ると、相手は、捜査本部にいる、西本刑事だった。

「どうしたんだ?」

と、きくと、西本が、

「今、本間の奥さんの、本間夏子が、救急車で、病院に、運ばれました」

と、いった。

「出産か?」

と、いってから、十津川は、

「いや、そんなはずはないな。出産にしては、早すぎる。いったい、何があったんだ?」

「わかりません。とにかく、本間夏子が、救急車で、運ばれたというので、これから、その病院に行って、調べてきます」

と、西本が、いった。

嫌な予感が、十津川を、とらえた。不安といってもいい。

十分後に、また、十津川の携帯が、鳴った。

「西本です。今、病院に来ています。何が起きたのか、はっきりしませんが、とにかく、本間夏子は、現在、手術室に、運ばれて、手術を、受けています」

と、西本が、いった。

「どんな手術なんだ？」

と、十津川が、きく。

「それを、今、きいているんですが、病院は、話して、くれないんですよ」

と、西本が、いった。

「とにかく、調べて、結果を、報告してくれ」

と、十津川は、いった。

今度は、なかなか、西本から、電話が、かかって来ない。

一時間ほどたって、やっと、西本刑事からの、電話が入った。

「今、本間夏子が、流産したという話が伝わってきました」

と、西本が、いう。

「なぜ、流産したんだ？」

と、十津川が、きいた。

「その理由を、医者は、いわないのですが、とにかく、彼女は流産して、ショックが大きいので、注射をして眠らせたと、医者は、いっています」

と、西本が、いった。

「本間の奥さんが、流産ですか？」

と、亀井が、きく。

「そうらしい。ただ、理由は、わからない。階段から落ちたのかも知れないし、腹をどこかに、ぶつけたのかも知れない」

と、十津川が、いった。

確かに、流産というのは、ショックだろうが、それが、事件に関係なければ、十津川が調べることではない。

この知らせは、本間にも、伝えられたらしく、本間は、すぐ、M住建の本社に帰ると、午後二時に、早退して、東京駅に、向かった。

東京駅から、八王子行きの電車に乗る。十津川と亀井も、同じ電車に、乗った。

八王子に着くと、本間は、タクシーを拾って、病院に向かう。

十津川と亀井も、同じように、本間夏子の運ばれた、病院に向かった。

先に、病院に来ていた西本が、十津川と亀井を、迎えた。

「われわれより先に、本間が、この病院に、駆けつけている」

と、十津川が、西本に、いった。

「本間の姿は、さっき、見ました。彼は今、奥さんのいる、集中治療室に、いますよ」

と、西本が、いった。

「それで、流産の原因は、わかったのか？」

と、亀井が、西本に、きいた。

「わかりません。頑《がん》として、医者が、教えてくれないんですよ」

と、西本が、眉をひそめて、いった。

「奥さんを、ここに運んだ、救急隊員には、きかなかったのか？」

と、亀井が、きいた。

「もちろん、ききましたが、同じように、原因は、わからないと、われわれに、いうんです。救急隊員も、本当の理由を、知らないからかも知れません」

と、西本は、いった。

本間自身は、集中治療室に入ったまま、なかなか出て来ない。

十津川と亀井は、手術をしたという、医者を探して、会うことにした。

五十年配の医者である。山崎《やまざき》という、その医者に、十津川は、警察手帳を、見せてから、

「本間夏子さんが、救急車で、運ばれて、手術を受けたが、流産したそうですね。流産の原因は、何だったんでしょうか？」

と、きいた。

「わかりません。本人も、いいませんし、救急隊員にきいても、知らないと、いっていますから」

と、山崎医師は、いった。

「しかし、身体の状態を、見れば、何か、わかるんじゃありませんか？」

と、十津川が、きいた。

「そういわれましてもね。確かに、腹部に、打撲《だぼく》の跡が、ありますから、どこかで、転んでぶつけたのかも知れませんが、本人がいわない以上、勝手に断定するわけにはいきませんから」

と、山崎医師は、いった。

「腹部に、強い打撲の跡が、あるのは、間違いないんですね？」

と、十津川は、きいた。

「そうですよ。間違いありませんよ。しかし、どうして、その跡が、付いたのかは、わかりません」

と、山崎医師は、十津川に向かって、いった。

「その打撲の跡ですが、どういう形の打撲かで、何があったのか、想像は、つかないんですか？」

と、亀井が、きいた。

「そこまでは、わかりませんね。強い圧迫を受けたことは、わかりますが、どうして、そうなったのかは、わかりません」

と、山崎医師は、頑《かたく》なに、いった。

三十分ほどして、本間が、集中治療室から、出て来た。

それを、途中でつかまえて、十津川が、

「奥さんのことですが、何があったのか、教えてもらえませんか？」

と、声をかけた。

本間は、青白い顔で、ジロリと、十津川を睨むようにして、

「何もいうことは、ありませんよ。今、家内は、寝ていますから、家内を起こして、きくようなことは、しないでください」

と、いった。

「奥さんは、何かで、お腹を強く打って、救急車で、運ばれたが、流産してしまった。私は、そう医者から、きいたんですが、これは、間違いありませんか？」

と、十津川は、本間に、きいた。

「とにかく、家内は、激しいショックを、受けているんです。鎮静剤を打って、今、眠っ

ていますから、それで、いいでしょう」

と、本間が、硬い表情で、いう。

「それで、あなたは、医者から、どんなことを、きかされたんですか?」

と、十津川が、きいた。

「医者が、話してくれたのは、家内が、流産した。それだけですよ。ほかには、何もきいていません」

と、本間が、いう。

十津川は、それを、うのみには、できなかった。

「あなたには、流産の原因に、思い当たることが、あるんじゃありませんか?」

と、十津川が、いうと、本間は、ますます、険しい表情になって、

「思い当たることなんて、何もありませんよ。とにかく、流産したんです。それでいいじゃありませんか? 今は、一人でいたいんです」

と、本間は、いい、エレベーターまで、歩いて行くと、屋上に、上がっていって、しまった。

亀井が、追いかけようとするのを、十津川は、止めて、

「追いかけて行ったって、あの男は、何もしゃべらないよ」

と、強い口調でいった。

本間は、今、四十二歳。四十二歳になって、初めて、子供が、生まれようとしていたのだ。その子供を、流産で、失ってしまったことは、大変なショックに違いない。だから、十津川たちには、何もしゃべろうとしないのに違いなかった。

(しかし)

と、十津川は、思う。

(あの山崎医師は、本当に、何も知らないのだろうか？　何もわからないので、自分たちに、何も、いわなかったのだろうか？　それとも、何か、大事なことを、知っていて、口を閉ざしているのだろうか？)

十津川と亀井は、病院の、待合室に入った。

「本間の奥さんが、階段から落ちるかどうかして、その結果、流産してしまった。ただ、それだけのこと、というのは、おかしいですが、それだけならば、刑事事件にはなりませんね」

と、亀井が、いった。

「確かに、カメさんのいう通りだ。大変な出来事だが、この流産が、事件に、関係していなければ、無視するより仕方がない」

と、十津川が、いった。

二日後、本間夏子は、退院した。しかし、本間は、退院した彼女を、すぐに、車で、彼女の実家に、運んでいってしまった。

しばらく、静養させたい、そういう気持ちらしいが、本当のところは、わからない。

夏子を、実家のある福島に、運んでしまうと、本間は、すぐ、八王子に引き返した。

そして、また、前と同じような、いつもの、日課が、始まった。

毎朝七時九分発の、東京行きの通勤特別快速に乗って、出社する。そして、一時間か二時間の残業をして、帰って来る。その繰り返しが、また始まったのだ。

「何か、おかしいじゃありませんか？」

と、亀井が、いった。

「確かに、おかしい。いや、本間の態度は、異常だよ」

と、十津川は、いった。

第五章　秘密の作業

1

十津川は、福島に行くことを、決意した。どうしても、本間英祐の妻、夏子のことが、気になったからである。

福島の実家に、帰った夏子に、話を、ききたかったのだ。

十津川は、亀井を連れて、福島に向かった。正確にいうと、福島県の中にある、東山《ひがしやま》温泉の小さな旅館が、夏子の実家だった。

二人の刑事は、その旅館に着くと、女将《おかみ》に会った。つまり、夏子の母親である。

「是非、夏子さんにお会いして、お話をききたいのですが」

と、十津川が、いうと、顔立ちが、夏子によく似た母親は、

「できません」

と、素《そ》っ気《け》なく、いった。

「夏子さんは、こちらに、来ていらっしゃいますね？」

「ええ。でも、しばらくは、人に会えないんです。娘は、『誰にもお会いしたくない』といっているんです」

「それは、流産なさったからですか？」

と、亀井が、きいた。

「ええ。とにかく、娘は、『誰にも会いたくない』といっていますし、私も、母親として、誰にも会わせたくないんですよ」

と、強い調子で、女将は、いった。

「それで、娘さんは、こちらに来てから、病院に、通っているんですか？」

と、十津川が、きいた。

「いいえ。病院には通っていませんけど、今もいったように、『誰にも会いたくない』といっているので、そっとしといて、やりたいんですよ」

「東京で、何があったのか、それを、お母さんに話しましたか？」

と、十津川が、きいた。

「いいえ。ただ、流産してしまって、『何も話したくない、誰にも会いたくない』、そういっているだけなんです」

と、女将は、いった。

「ご主人が、車で、ここへ、夏子さんを連れて来たんでしたね？」

「ええ」

「その時、ご主人は、何か話をされましたか？」

と、十津川が、きいた。

「『とにかく、精神的に、参っているので、ゆっくり実家で、休ませたい』、そういっていただけですよ。ですから、私も、娘を、そっとしておいてあげたいのです」

と、女将は、いった。

「夏子さん自身は、どういっているんですか？　東京の家で、何があったか、お母さんに話しましたか？」

と、十津川は、もう一度、同じことを、きいてみた。

「いいえ。ただ、流産してしまった。そして、今もいったように、『しばらく、誰にも会いたくない』、そういっているだけですよ」

と、女将も、繰り返した。

「どうしても、夏子さんに、会わせて、いただけませんか？」

と、十津川は、いった。

「勘弁《かんべん》していただけませんか？　本当に、誰にも会いたくないといっているし、会うときっと、神経が参ってしまうんじゃないか、それを、心配しているんですよ」

と、女将が、いった。

十津川は、いったん、引き上げることにして、近くの旅館に、亀井と二人で、チェックインした。

夏子は、あの実家に、いるのだから、病院に行っていないとしても、外出することがあるだろう、そう、十津川は、思ったからである。

旅館での夕食の後、十津川は、東京にいる西本に、電話をかけた。

「今日一日、本間は、どうしていたね？」

と、十津川が、きくと、西本は、

「今日も同じでした。朝早く、いつもの電車で、M住建に行き、いつもと同じように、会社の車で、一所懸命に、中古物件の販売を、していますよ」

「帰宅したのは？」

「七時過ぎです」

と、西本は、いった。

「本間の様子に、何か、変わったところは、ないのか？」

と、きくと、

「外から見ている限り、まったく、変わっていませんね。サラリーマンらしく、一所懸命働いていますよ」

と、西本が、いった。

「サラリーマンらしくか」

と、電話の途中で、十津川が、苦笑した。

今日も、本間は、いつものように七時九分八王子発の、電車に乗り、東京駅近くの職場、M住建に向かった。そして、仕事をして、いつものように、七時過ぎに帰宅している。

だから、西本は、（サラリーマンらしく）と、いったのだろう。

しかし、そのことに、十津川は、なぜか引っかかるのだ。少しばかり、平静すぎないか。

翌日、朝食を済ませると、十津川と亀井は、外出した。

夏子の両親が、やっている旅館の前まで、来ると、斜め前に、小さな喫茶店があったので、そこに入って、様子を見ることにした。

昼過ぎになると、斜め向かいの旅館から、犬を連れた、夏子が、出て来るのが、見えた。

散歩に、出かけるらしい。

母親が、何か小声で、夏子にいってから、肩を軽く叩いているところを見ると、

（気をつけて、いってらっしゃい）

とでも、いったのかも知れない。

十津川と亀井は、少し、間を置いてから、その喫茶店を出た。夏子のあとを追《つ》ける。

十津川たちは、人通りの、なくなったところで、後ろから、

「本間さん」

と、夏子に声をかけた。

夏子が、立ち止まって振り向く。

しかし、その目はなぜか、ひどくボンヤリしていて、十津川たちを、見ているのかどうか、わからなかった。

十津川が近づいて、

「本間夏子さんですね？」

と、もう一度、声をかけると、

「ええ、本間ですけど」

と、いったが、その声には、力がなかった。

「実は、あなたに、おききしたいことがあるんですよ。私は、警視庁捜査一課の、十津川といい、こちらは、亀井刑事ですが」

と、十津川が、名乗っても、夏子の目は、まだ、ボンヤリとしたままだった。何か、焦点が、定まらないような、目になっている。

(おかしいな)

と、思いながらも、十津川は、

「こんなことを、思い出させて、申し訳ないのですが、あなたは、東京で事故があって、流産された。そのあと、しばらく、入院していたが、こちらの実家に、お帰りになった。そうですね？」

と、念を押すと、

「私が流産？」

と、夏子が、相変わらず、焦点の定まらない目で、きき返した。

十津川のほうは、また、

(おかしいな)

と、思いながらも、

「その件について、おききしたくて、東京から来たんですよ」

と、いった。

「どうして、東京から、わざわざいらっしゃったんですか？」

と、夏子が、きき返す。

「実は、われわれは、ある事件を、捜査していましてね。その事件と、あなたの流産とが、何か、関係があるような気がして、仕方がないのです。それで、申し訳ないんですが、その件について、あなたから、正直な話をききたいと思っているんです」

と、十津川は、繰り返した。

「何をおっしゃっているんでしょうか？　私には、わかりませんけど」

と、夏子が、いった。

わざと、知らない振りをして、とぼけているようには、見えなかった。

亀井が、小声で、

「警部、何かおかしいですよ」

と、いった。

「わかっている」

と、十津川は、いってから、夏子に向かって、

「立ち話もなんですから、その辺で、お茶でも、飲みながら、話しませんか？」

と、いった。

「お茶は、あまり好きじゃないんですけど」

と、夏子が、いう。

相変わらず、その態度は、どこかおかしかった。それでも、十津川は、半《なか》ば強引に、近くにあった喫茶店に、彼女を、連れて行った。

夏子は、別に抵抗もせずに、大人しく、十津川たちと一緒に店に入り、腰を下した。

「何がいいですか?」

と、十津川が、きいても、夏子は、無表情に、

「私、お茶は、あまり好きじゃないんですけど」

と、いっている。

亀井が、かまわずに、カウンターの向こうにいる店の主人に、

「コーヒー三つ」

と、頼んだ。

その店の主人は、

「犬は、ちょっと困るんですけどねえ」

と、いった。

十津川は、警察手帳を取り出して、その主人に見せ、

「事件について、この人に、ききたいことがあるんで、犬のことは、まあ、見逃してください」

と、いった。

店の主人は、警察手帳に、びっくりしたらしく、もう、犬のことについては、何もいわなかった。

夏子の連れて来た犬は、大人しく、テーブルの下で、座り込んでいる。

コーヒーが運ばれて来ても、夏子は、口をつけようともしない。

といって、別に怒っているわけでもなく、ただボンヤリと、カップを、見ているだけだった。

「あなたが、東京で、流産なさったことですが、本当は、何があったんですか？」

と、十津川は、きいた。それに対して、

「何があったんでしょう？　何か、あったんですか？」

と、夏子が、きき返す。そのきき方が、奇妙だった。

「東京で、何か事故があって、流産なさったことは、覚えていますね？」

と、亀井が、横から、きいた。

「何のことでしょうか？　流産って」

と、また、きき返す。

亀井は、困った顔で、

「警部、どういうんですか？　これは」

と、小声で、きいた。

「私にも、わからないよ」

と、十津川も、小声で、いう。

テーブルの下で、大人しくしていた犬が、急に、吠え出した。

それに向かって、夏子が、

「タケちゃん、大人しくしなさい。怒られるわよ」

と、声をかけた。

「この犬は、タケちゃんというんですか？」

と、十津川は、話題を変えてみた。

夏子は、急に、ニッコリして、

「武之介《たけのすけ》というんです」

と、相変わらず、ニコニコしながら、答える。

「面白い名前ですね。誰が、名前を、付けたんですか？」

「私の母が、付けました」

「大人しい犬ですね」

「そうですけど、時々、急に怒ったりするんですよ。気まぐれな犬なんです」

と、夏子は、いった。そのしゃべり方には、別におかしいところは、なかった。

「それで、東京での、事故のことですが」

と、十津川が、また、話を戻そうとすると、

「東京の話って、何でしょうか？　私、何か、事故に遭《あ》ったんでしょうか？」

と、また、夏子の返事が、おかしくなってくる。

話が一向に、繋がってこない。

困っていると、急に、夏子は、立ち上がって、

「私、もう帰ります。タケちゃん、行きましょう」

と、いって、店を、出て行ってしまった。

亀井が、追いかけようとするのを、十津川が、止めて、

「捕まえたって、また同じことだ。少し様子を見ようじゃないか」

と、いった。

二人は、改めて腰を下し、コーヒーを口に運んだ。

「どうなっているんですかね？　東京での流産のことについてきいても、訳のわからないことをいっていましたが、あれは、芝居でしょうか？」

と、亀井が、きいた。

「私にも、わからない。芝居のようにも、見えるが、しかし、本当に、何も知らないような気もする」

と、十津川は、いった。

「芝居ではないとすると、どういうことになるんですか？」

「一時的な記憶喪失かな」

と、十津川は、いった。

「一時的な記憶喪失で、流産したことを、忘れてしまっているんですか？　そんなことがあるんでしょうか？」

と、亀井が、首を傾げた。

「ただの流産なら、あり得ないだろうが、特別な場合は、一時的な記憶喪失になることもあるかも知れない」

と、十津川は、いった。

2

翌日も、二人は、昼前から張り込んでいた。

今日も、母親に、見送られるようにして、夏子が、犬を連れて、散歩に出て来た。

そこで、昨日と同じように、十津川たちは、彼女に、声をかけた。

「私たちのことを、覚えていますか？」

と、いうと、夏子は、ニッコリして、

「ああ、昨日お会いした方でしたね。確か、東京の刑事さん、そうでしたね？」

と、いった。

別に、十津川たちを避けているようにも見えず、また、顔を合わせたことに、当惑しているようにも、見えなかった。何か他人事《ひとごと》のようなのだ。

今日は、昨日のように、喫茶店には誘わず、夏子を両側から挟むようにして、犬の散歩につき合うことにした。

歩きながら、十津川が、質問する。

「この犬は、武之介でしたね？」

というと、夏子は、嬉しそうに、

「そうなんです。覚えていてくれたんですか？」

「ちゃんと、覚えていますよ。確か、あなたのお母さんが、名前を付けたんでしょう？」

「ええ、あんまり、いい名前じゃないんですけど、でも、母にいわせると、何となく、武之介らしいんですって」

「じゃあ、この犬は、オスなんだ」

「そうですよ。オスの秋田犬」

と、夏子は、嬉しそうに、いった。

「夏子さんは、どうして、福島の実家に、帰って来ているんですか？　東京には、ご主人がいるはずでしょう？」

と、亀井が、きいた。

「わかりません。主人が、『実家に帰っていろ』というので、帰って来たんです」

と、夏子が、いった。

「そのご主人から、電話がありますか？」

と、十津川が、きいた。

「一日に一度、ちゃんと、電話があります。『しばらく、こちらで静養していろ』と、いわれました」

　と、夏子が、いった。

「同じ質問になりますけど、どうして、夏子さんは、今、実家に、帰っているんですか？」

　と、十津川が、辛抱強く、きいた。

「それは、主人が、『しばらく、実家に帰って静養しろ』と、いってくれたもんですから、ここに帰って来ているんですけど」

　と、夏子が、いった。

　どうも、堂々巡りになってしまう。

「ですから、どうして、ご主人は、あなたに静養しろといって、実家に帰したんでしょうか？　何か、理由があったんでしょう？」

　と、十津川が、きいた。

「ですから、それは、私を、静養させようと、思って、いったんですよ。少しばかり、私、最近、疲れていましたから」

　と、夏子は、いった。

「どうして、疲れていたんですか？」

と、十津川は、しつこく、きいた。

それでも、夏子は、ニコニコ笑いながら、

「きっと、主人が心配したからですわ。そういう人なんです、あの人は。優しいから」

と、いった。

(参ったな)

と、十津川が、思っている時、彼の携帯電話が、鳴った。

十津川は、一歩遅れるようにして、携帯を取った。

「西本です」

と、相手が、いった。

「何かあったのか?」

と、十津川が、きくと、

「今日は、土曜日ですから、本間は、休みです。今、彼は、上野《うえの》に来ています」

「上野で、本間は、何をしているんだ?」

と、十津川が、きいた。

「ここに、家庭大工用の、工作機械などを売っている店があって、そこで、本間は、小型の旋盤や、穴を開ける、ボーリングの機械を、買っていました」

「何で、そんなものを、本間が買うんだ？」

「注文を受けた、店の人に、日下刑事が、それとなく、きいてみたんですが、答えは、こうでした。本間は、店の人に、『これから、新しい蒸気機関車を作りたいので、最新式の、工作機械を買いたい』、そういって、何台か注文して料金を払い、『後で送ってくれ』と、頼んだそうです」

と、西本は、いった。

「新しい蒸気機関車か？」

「そうです。本間は、『これまでも、蒸気機関車を作っている。今度は、新しい、もう少し大きな、外国の蒸気機関車を作りたい』と、店の人にいったそうです」

と、西本は、いった。

「確かに、あの蒸気機関車は、素人《しろうと》離れした、立派なものだが、なぜ、今さら、もっと大きな、外国の蒸気機関車を作ろうとするんだろう？」

「わかりませんが、本間という男は、模型作りが、好きなんじゃありませんか？　サラリーマンの趣味としては、悪いもんじゃありませんよ」

と、西本が、いった。

「しかし、今ということが、問題なんだよ」

と、十津川は、いった。

「何しろ、殺人事件が、起きたり、本間の奥さんは、流産して、実家に帰っていたり、そんな時だからね。そんな時にどうして、あの蒸気機関車よりも、さらに大きな、蒸気機関車を作ろうというのだろう？」

「そんなことを、やっていれば、気が紛《まぎ》れるのかも知れませんよ」

と、西本が、いった。

「確かに、気は紛れるだろうが、本当は、どうなんだろう？」

と、十津川は、いった。

十津川が、電話を切って、夏子を、追いかけようとしていると、先に行っていた、亀井が、立ち止まって、こちらに戻ってくる。

「どうしたんだ、カメさん？」

と、十津川が、きくと、亀井は、小さく首をすくめて、

「いくら話しても、まったく、通じませんよ。警部のいう通り、彼女、一時的な記憶喪失になっているのかも知れませんね。だから、東京での事故のことや、流産のことについてきいても、まったくチンプンカンプンの返事が戻ってくるんじゃありませんか？」

と、いった。

「カメさんも、彼女が、一時的な記憶喪失にかかっていると、思うかね？」

「今、ずっと、話していて、そう思いました。あれは、芝居ではなくて、間違いなく、一時的に、記憶を失っているんですよ。流産した時の記憶をです」

と、亀井が、いった。

「とすると、やっぱり、ただの流産ではなかったんだな。階段から転げ落ちて、それが原因で、流産したというのならば、むしろ、はっきりと、そのことを、覚えているんじゃないか？」

と、十津川が、いった。

「そうかも、知れませんね。あれだけ、答えられないところを見ると、何か、流産の原因に、ショックなことがあって、そのために、記憶を、一時的に、喪失してしまっている。特に、流産の前後についての記憶を、失ってしまっているということが、考えられますね」

と、亀井が、いった。

「やはり、あの流産には、何か、犯罪が、関係しているのかも知れないな」

と、十津川が、いった。

「たとえば、どんなことですか？」

と、亀井が、きいた。

「誰かに、襲われたということだよ。事故ではなくて、犯人がいて、その犯人が、彼女の腹部を蹴飛《けと》ばすか、あるいは、殴りつけるかして、流産させてしまった。彼女のほうは、その恐怖から、その前後の、記憶を、失ってしまった。そんなことじゃないかと、私は、思うんだがね」

と、十津川は、いった。

「それは、大いにあり得ますね」

と、亀井が、いう。

「それを何とかして、確認できればいいんだが」

と、十津川が、いった。

「じゃあ、もう一度、夏子の母親に、会いますか？」

と、亀井が、いった。

3

二人は、もう一度、夏子の実家である旅館を訪ね、母親に会った。

「夏子でしたら、今、散歩に出ていますけど」

と、女将が、いった。

「それは、わかっているんです。それで、夏子さんについて、あなたに、おききしたいことがあるんですよ」

と、十津川は、いった。

「奥に入って、いただけませんか?」

と、女将は、十津川と亀井を、奥の座敷に案内した。

仲居が、お茶を運んで来る。

女将は、十津川と亀井に、目をやって、

「お答えできることなら、お答えしますが、どんなことでしょうか?」

と、きいた。

「夏子さんですが、ひょっとして、一時的な記憶喪失に、かかっているんじゃありませんか?」

と、十津川は、単刀直入に、きいてみた。

女将は、すぐには返事をしなかった。それでも、十津川が、じっと答えを、待っていると、

「なぜ、わかったんですか？」

と、きいた。

「実は、散歩に出られた夏子さんに、声をかけてみたんですよ。そうしたら、何か、様子がおかしい。肝心《かんじん》のことを、何も覚えていない、そんな感じがしましたので、こうやって、確かめに伺ったんです」

と、十津川は、いった。女将は、肯《うなず》いて、

「刑事さんの、おっしゃる通りなんです。それで、心配しているんですけど、ああいうものは、『根気よく、待たないと治らない』と、お医者さんにいわれたんで、しばらくの間こちらに置いて、のんびりとさせれば、記憶が、戻るんじゃないか、そう思っているんです」

「その、一時的な記憶喪失の、原因なんですが、女将は、どう思われますか？」

と、亀井が、きいた。

「いろいろと、考えているんですけど、たぶん、東京で、流産してしまったことです。夏子も本間さんも、とても、子供を欲しがっていましたからね。それがショックで、一時的な記憶喪失になってしまったんじゃないか、私は、そう思っているんですけどねえ」

と、女将は、いった。

「確か、本間さんが、夏子さんを連れて、こちらに、来たんでしたね？　その時、本間さんは、夏子さんの記憶喪失について、何か、いっていませんでしたか？」

と、十津川が、きいた。

「いいえ、何もきいていません。ただ、本間さんは、『夏子が、流産のショックで、少し身体が弱っているから、しばらくの間、実家で、養生《ようじょう》させたい』とだけ、おっしゃったんですよ」

と、女将は、いった。

「すると、本間さんが、帰った後で、夏子さんの記憶喪失に、気がついて、ビックリなさったわけですね？」

と、十津川が、いった。

「そうなんです」

「それに気がついて、本間さんに、電話で、おききになったんじゃありませんか？」

「ええ、もちろん、すぐに電話をして、本間さんにききました」

と、十津川が、いった。

「それで、本間さんは、どう答えたんですか？」

「『たぶん、流産のせいだろう』と、本間さんも、いっていました。『ショックから、一時的に記憶を失うことは、よくあることだから、ゆっくり養生させてください』と、本間さんがいったんですよ。ですから、私も、やはりそうなのかと、思っているんですけど」

と、女将が、いった。

「本間さんは、夏子さんの、一時的な記憶喪失に、気がつかなかったんでしょうか？」

と、亀井が、きいた。

「それは、知りません。私が、記憶喪失について話しましたら、『そうなんですか』と、ちょっと、ビックリしたようですから、もしかすると、気がついていなかったのかも知れませんわ」

と、女将は、いった。

「それで、夏子さんを、こちらで、医者に診《み》せたんですか？」

と、十津川は、きいた。

「いいえ、診せていませんけど、主治医の先生に、相談することは、相談しました」

「そのお医者さんは、どういっているんですか？」

「その先生も、『たぶん、流産のショックによる一時的な記憶喪失だろうから、ゆっくりと養生すれば、治ってくる』、そういって、励ましていただいたんですよ」

と、女将は、いった。

「夏子さんの記憶喪失が、治ったら、すぐ、私に、連絡していただけませんか？　私たちは、これから、東京に帰りますので」

と、十津川は、いった。

「すぐにお知らせしますけど、いつ、治りますことやら」

と、女将が、いう。

「あまり焦らず、気長に、夏子さんを養生させてください」

と、十津川は、励ますようにいって、その旅館を出た。

十津川と亀井は、その日のうちに、東京に帰った。

捜査本部に戻ると、西本が、

「本間の様子は、電話で、お話しした通りです。上野で買った、小型の工作機械は、明日にでも届くと思いますから、新しい蒸気機関車にとりかかるんじゃありませんか？」

と、いった。

「その話、間違いないんだろうね？」

と、十津川が、いった。

「最新の小型の工作機械をいくつか買ったのは、間違いありません」

と、西本は、いった。

「前に作った蒸気機関車よりも、一回り大きな、外国の蒸気機関車の模型を作ると、店の人にいったことも、間違いありません」

と、西本が、つけ加えた。

「明日は、日曜日だったな？」

と、十津川は、カレンダーに目をやって、いった。

「そうです。ですから、新しい工作機械が、届けば、本間は、また夢中になって、模型の蒸気機関車を作るんじゃありませんか？」

「それなら、明日、その様子を、見に行こうじゃないか？」

と、十津川は、亀井を誘った。

4

翌日、十津川たちは、昼過ぎに、八王子にある本間の家を訪ねてみた。

本間は、一瞬、嫌な顔をしたが、それでも、二人の刑事を、部屋に入れた。

「話にきいたんですが、何でも、あの蒸気機関車よりも、もっと大きな、外国の蒸気機関車の模型を作るそうですね？」

と、十津川が、いうと、

「どうして、ご存知なんですか？」

と、本間は、疑わしげに、十津川を見た。

十津川は、笑って、

「実は、私の友人に、あなたと同じように、蒸気機関車の模型を作るのが、好きな男がいましてね。たまたま、上野に、新しい工作機械を探しに行ったら、あなたを、見かけたというのですよ。それで、また、新しい、蒸気機関車の模型を作るんじゃないかと思いましてね」

と、いった。

「その通りですよ。今度は、アメリカ製の蒸気機関車の、模型を作るつもりです。前に作ったC11よりも、一回り大きな機関車なんです。現在も、アムトラックで走っているＳＬです」

と、本間が熱っぽく、いった。

「本間さんの工作室を、見せていただけませんか？　私もいつか、同じように、模型を作りたいと思いましてね。その参考にしたいんですよ」

と、十津川は、いった。

その言葉を信じたのかどうかは、わからないが、

「どうぞ。お見せしますよ」

と、本間は、いった。

家の中に作られている、ホビールームに入ると、そこには、小型の工作機械が、ズラリと並んでいる。

そして、壁にはアメリカ製の蒸気機関車の設計図が、ピンで、留めてあった。

「これ、本間さんが、お描きになったんですか？」

と、いうと、本間は、少し誇らしげな、表情になって、

「そうです。蒸気機関車の模型を作るためには、まず、設計図を、引かなければなりません。というのは、実物をそのまま何分の一かに、縮小して作っても、走らないんですよ」

と、いった。

「そんなもんですか？」

と、十津川は、きいた。

「実物を、そのまま何分の一かに縮小してしまうと、必要以上に、車輪の幅が狭くなって、倒れてしまうんです。ですから、車輪の幅だけは、同じような、何分の一かには、できません。そんなこともあるので、自分で設計図を、引かなくてはならないんですよ」

と、本間は、自慢げに、いった。

「それで、本間さん自身が、設計図をお描きになったんですね？」

「そうです」

「上野に行って、新しい工作機械も注文なさったんですか？」

「そうです。一時間前に、届きました。それでこれから、梱包《こんぽう》を解いて、その工作機械を、取り出すのが嬉しくて、仕方がないんですよ。ワクワクするんですよ」

と、本間は、いった。

「実は、昨日、福島の、東山温泉に行って来ました。あなたの奥さんに、会いたくてです」

と、十津川が、いうと、本間は、急に、きつい表情になって、

「どうして、そんなことを、するんですか？　家内は、今、病気なんですよ。家内を刺激して、病状が、悪化でもしたら、どうしてくれるんですか？」

と、いった。

「別に、そんな気は、ありません。ただ、どんな具合かなと思って、行ってみたんですが、あなたは、私たちに、隠していることが、ありますね？」

と、十津川は、じっと、本間を見つめた。

「何を、僕が、隠しているというんですか？」

「奥さんは、一時的な記憶喪失に、陥《おちい》っているんじゃありませんか？　それを、どうして、隠していたんですか？」

と、十津川が、いった。

「そんなこと、自慢することじゃないし、みんなが心配していることですから、黙っていたんですよ」

と、本間が、いった。

「あなたなら、奥さんがなぜ、一時的な記憶喪失に、陥ってしまったのか、その理由を、ご存知だと思うのですが、それを、教えていただけませんか？」

と、亀井が、いった。

「それは、流産を、してしまって、あんなに、欲しがっていた子供を、なくしてしまったので、それで、ショックから、一時的な記憶喪失を、起こしているのだと思います」

と、本間は、いった。

「ほかに、理由は、考えられませんか？」

「まったく考えられませんね。そのほかに、家内が、記憶喪失に陥るような原因は、見当たりませんから」

と、本間が、いった。

十津川は、話題を変えて、

「そこにある、段ボールの箱が、新しく届いた工作機械ですか？」

と、きいた。

「そうですよ。これを使って、新しい蒸気機関車の模型を作ろうと思っているんです」

と、本間が、いう。

「梱包を解くのを、手伝いますよ。私も、どんな工作機械を、本間さんが、注文したのか、知りたいですからね」

と、十津川は、いった。

「どうして、そんなことを、知りたがるのですか？」

「さっきも、いったじゃありませんか。私もいつか、あなたを、見習って、自分の手で、蒸気機関車の模型を作りたいんですよ。ですから、少しでも、参考になればと思いましてね」

と、十津川は、いい、自分から、段ボール箱を解きにかかった。

「私がやりますよ」

と、いって、本間は、カッターナイフを、取り出し、自分で、段ボール箱の解体に取りかかった。それを、十津川と亀井が手伝った。

やがて、大きな、段ボール箱の中から、新しい、小型の旋盤や、フライス盤や、ボーリングの機械が、出て来た。それを、本間は、嬉しそうに眺めて、

「新しい機械の感触って、たまりませんね。本当に、嬉しいんです」

と、いった。

「かなりの、出費じゃありませんか？」

と、亀井が、いった。

「そうですが、そんな多少の出費には、代えられないんですよ。僕は、ほかに、これといった、道楽もないし、これは、家内も認めてくれていますからね。そのうち、家内も治るでしょうから、その時は、僕の作った、蒸気機関車に乗せてやろうかと、思っています」

と、本間は、いった。

「本間さんは、蒸気機関車しか、作らないんですか？」

と、亀井が、きいた。

「今のところは、蒸気機関車だけです。ほかにも、作ろうと思えば、作れるんですが、今は、興味がありません」

と、本間は、いった。

「これらの工作機械を使うと、ほかに、どんなものが、作れるんですか？」

と、十津川が、きいた。

「そうですね。今もいったように、僕は、ほかのものを、作ったことがないので、よくわかりませんが、いろいろなものが、作れるんじゃないですか。模型の車だって作れるし、船だって、作れます。実用的な椅子だって机だって。まあ、男の欲しいものは、何でも作れますよ。僕のように、自宅に、ホビールームを作って、工作機械を、買い込む人は、たくさんいるんです」

と、本間が、いった。

「蒸気機関車の、二号機ができたら、また、見に来たいんですが、いつ頃、完成しますかね？」

と、十津川が、きいた。

「今度は、前よりも、機構が複雑な蒸気機関車ですからね。一年は、かかるんじゃないですか」

と、本間が、いう。

「一年ですか？　そんなに、時間をかけて、よく、取り組めますね。感心しますよ」

と、亀井が、いった。

「まあ、僕なんか、いってみれば、オタクですから、コツコツやっていること自体が、楽しいんですよ。設計図を描き、工作機械で、鉄の塊《かたまり》を、削っていく。それが、どんどん、形を整えていくのが、たまらなく、嬉しいんですよ。それに第一、蒸気機関車の模型は、自分で、動かすことができますからね。それが、楽しくて、仕方がないんです」

と、本間が、いった。

「こんなことをいうと、嫌味《いやみ》に、きこえるかも知れませんが」

と、十津川が、いうと、本間は、先回りして、

「家内が、流産したり、あるいは、殺人事件が起きているのに、呑気《のんき》なものだ、そうおっしゃりたいんでしょう？」

と、いった。

「その質問に対しては、本間さんは、どう、お答えになるつもりですか？」

と、十津川が、意地悪く、きいた。

「別に、答えませんよ。確かに、家内が流産したことは、僕にとっても、ショックでしたし、この八王子では、知り合いが死んでいますからね。でも、それで、意気消沈してしまったら、何もできないじゃありませんか？　僕はサラリーマンだから、仕事を、しなくてはならないし、気を滅入《めい》らしてばかりいたのでは、仕方がないんです。ですから、何とか、

自分の気持ちを引き立たせようとして、好きな模型を作っているんです。その時間だけは、嫌なことを、忘れられますからね」

と、本間は、いった。

「この蒸気機関車は、アメリカの鉄道のものだと、いわれましたね？」

と、改めて、十津川が、壁に留められた、設計図に目をやると、

「そうです。アメリカの、アムトラックが使っている蒸気機関車ですよ。日本のデゴイチよりも大きな蒸気機関車です」

と、本間が、いった。

5

十津川と亀井が、帰ってしまうと、本間は、小さなため息をついてから、タバコに、火をつけた。事件に巻き込まれてから、止《や》めていたタバコを、吸うようになってしまった。

タバコを吸い終わると、本間は、冷たい水で、勢いよく顔を洗った。

そのあと、壁に留められている、蒸気機関車の設計図の、ピンを外した。

その下から出て来たのは、拳銃の設計図だった。

本間は、戸棚の奥から、今日買って来た、モデルガンを、二つ取り出した。

それは、精巧にできたもので、一つは、回転式のスミス&ウエッソンの六連発銃だった。

日本の警察が、使っているリボルバーである。

もう一つは、ベレッタの二二口径自動拳銃だった。

その模型二つを買う時、設計図も、貰って来て、今、壁に留めてある。日本製の模型は、実物そっくりに、でき上がっているという。その言葉を信じて、本間は、モデルガンを、買って来たのである。

強い明かりの下で、本間は、一丁ずつ、慎重に、分解していった。

ベレッタ二二口径自動拳銃から、分解する。一つ一つ部品《パーツ》を、分解しながら、それを、壁に留めた設計図と、照らし合わせていく。

リボルバーのほうも、同じように分解して、その部品を一つ一つ、設計図と、照合していった。

それが終わると、今度は、同じように、慎重に、バラバラにした部品を組み立てていく。

それを、繰り返していると、次第に、拳銃の仕組みというものが、わかってきた。

日本の拳銃模型は、ひじょうに、正確にできているといわれるが、やはり、模型は模型である。いくら、正確にできているといっても、このままでは、弾丸を発射できない。そんなことをしたら、たちまち、銃身が、焼けてしまうだろう。また、実弾が、撃てないようにもできているのだ。

それでは、どうやって、改造すれば、弾丸が撃てるようになるのだろうか？

モデルガンの、銃身《バレル》は、アルミ合金でできている。これをまず、鋼鉄製に、替えなければ、弾丸は、発射できない。

合成樹脂で、できている部分も、もちろん、これも鋼鉄製でなければ、本物の拳銃として、機能しないだろう。

しかし、考えているうちに、一丁について何十もある部品を、一つ一つ、作り上げていくとすると、時間が、かかりすぎると、思った。もっと早く、実際に、弾丸の撃てる拳銃を、作り上げなくてはならない。

買って来た二丁のモデルガン、スミス&ウエッソンのリボルバーと二二口径のベレッタそのものを、作ろうとしたら、多分、何ヵ月も、かかってしまうだろう。

本間は、考え込んでしまった。

もっと早く、できれば、一週間以内に、拳銃を作りたいのだ。そのためには、どうしたら、いいのか。

しばらく考えてから、壁に留めてあった、二丁の、拳銃の設計図を、剝がし、火をつけて、燃やしてしまった。

スミス&ウエッソンのリボルバーや、ベレッタ二二口径自動拳銃を、そっくりそのまま、作ろうと思うから、部品が、たくさん必要になるし、時間が、かかってしまうのだ。

本間は、そう思った。

6

昔、種子島に火縄銃がもたらされた時、日本の刀鍛冶《かたなかじ》は、それを真似て、自分たちの銃を、作ろうとした。その作り方は、簡単だった。青銅の筒に、穴を開け、そこに、火薬を詰め込み、その後、今度は、鉛で作った、丸い弾丸を詰め込んだ。引き金を引くと火縄で、発火するように、したのである。

火縄の火で火薬が、爆発し、丸い鉛の、弾丸が飛んでいく。簡単な作りである。それでも、人を殺すことができたのだ。

現在は、鋼鉄が、簡単に手に入るから、青銅を、使う必要はない。

それに、火縄の代わりに、撃鉄《げきてつ》によって、発火させることができるから、火縄を使う必要も、ない。

使い捨ての薬莢《やっきょう》は、売っているから、それを、買って来て、火薬を詰めれば、弾丸の発射装置は、作れるだろう。

本間は、そう考え、新しく設計図を、引くことにした。

連発銃が、欲しかったら、二つの銃身を、並べればいいのだ。それで二連発は完成する。その二連発銃を二つ作れば、四連発になる。

本間は、そう考えることにした。

そう考えて、設計図を引くと、気が楽になった。

夜明け近くまでかかって、素朴な、二連発銃の設計図が、でき上がった。

それを壁に留めると、その上から、鉄道模型の設計図を、隠すようにして、ピンで留めた。

翌日、本間は、会社の帰りに、上野に寄って、今度は、拳銃を作るための、材料を買い求めた。もちろん、拳銃を作るとはわからないように、蒸気機関車の模型を作る材料として、買い求めたのである。

それを持って家に帰ると、さっそく、ホビールームに、閉じこもった。

問題は、銃身だった。

撃鉄や、そのほかの部品は、鋼鉄の板を、買って来て、切り抜いていけばでき上がるが、銃身だけは、そうはいかなかった。とにかく難しいのだ。

それで、鋼鉄製の、長い棒を四本買って来た。直径一・五センチの、鋼鉄製の棒に、ボーリングで、穴を開けることに、したのだ。しかし、実際にやってみると、これが、なかなかうまく行かない。正確に、まっすぐ、穴が開かないのだ。少しでもゆがめば、暴発してしまう。

それで、やむなく、本間は、穴のあいたチューブを使うことにした。

鋼鉄製のチューブを、設計図にしたがって、適当な長さに切って、二本作り、それを、銃身にすることにした。

本当は、中に、螺旋《らせん》状の溝を作らなければいけないのだが、それは、できそうもない。そこで、そのまま、使うことにした。

中に螺旋を切っていないので、遠くの標的を狙う場合は、命中率は落ちるだろうが、しかし、相手に、押しつけるようにして、引き金を引けば、まず、外れることはないだろう。

二本の銃身を作ったところで、本間は、疲れて、その銃身を、工具箱の中に、隠して、眠ることにした。

翌日は、同じように、会社から帰って来ると、今度は、二本の銃身を支える、胴体の部分の、製作に取りかかった。

その胴体に螺旋状の溝を刻みつけていって、銃身にも溝をつけ、胴体にはめ込むのだ。慎重を要する作業なので、その日のうちには、でき上がらず、二日かかった。

四日目には、撃鉄の製作に取りかかった。

鋼鉄製の板を、買って来て、ハンマーの形に切り抜くのである。これは、意外に、簡単にできた。

7

十津川と亀井は、本間夏子が、救急車で運ばれた病院に、担当の医者を、訪ねた。前にも、話をきいたことのある、山崎医師である。

その時、山崎医師は、何も、教えてくれなかった。

(まともに行ったのでは、今度も、何も教えてくれないだろう)

そう思ったので、十津川は、高飛車に、出ることにした。

「夏子さんのことは、覚えていらっしゃいますか？　あなたが、お腹を強く打って流産した、といった、本間夏子さんですよ」

と、十津川が、いうと、山崎医師は、肯《うなず》いて、

「もちろん、覚えていますよ。あれは、大変痛ましい出来事で、こちらとしても、どうすることも、できなかったんです」

と、いった。

「その夏子さんですけどね。先日、お会いしたら、一時的な記憶喪失になっていました。流産した前後のことを、まったく覚えていないというのですよ。先生は、そのことを、ご存知だったんじゃありませんか？」

と、十津川は、いった。

山崎医師は、当惑した表情になってしまい、

「私は、本間夏子さんが、そういう、一時的な記憶喪失に陥っているということは、知りませんでしたが」

と、いった。

「ウソをついちゃ困るんですよ。これは、重大なことなんです。ただ単に、本間夏子さんが、事故を起こして流産した。それならば、われわれも、こんなに、しつこくきかないんですが、もし、あれが、事件だったならば、大変なことですからね」

と、十津川が、いった。

「事件というのは、どういうことですか？」

山崎医師は、少しばかり、気後れした表情になって、きいた。

「事件といったら、事件ですよ。犯人がいて、あの日、本間夏子さんを、襲って、何かハンマーのようなもので、殴りつけた。そのために、本間夏子さんは、流産してしまった。その時の恐怖から、彼女は、一時的な記憶喪失に陥ってしまったのではないか、われわれは、そう見ているんです。その件について、先生は、どう思われますか？　本当のことをいって貰わないと、困るんですがね」

と、十津川は、脅かすように、いった。

その強気な態度が、功を奏したのか、山崎医師は、しばらく、迷っていたが、

「正直にいいましょう」

と、いってくれた。

「本間夏子さんが、ショックから、一時的な記憶喪失に、かかっていることは、知っていました」

と、山崎医師が、いった。

「それをどうして、あの時は、教えていただけなかったんですか？」

と、亀井が、きく。

「それは、ご主人の本間さんから、止められていたんですよ。『警察には、流産以外のこ

とは、何もいわないで、おいて欲しい』、そういわれましてね。ですから、警部さんたちには、『事故があって、流産した』とだけしか、いわなかったんです。あの時の、ご主人の、必死な顔を見ていると、そういうより仕方が、なかったんですよ」

と、山崎医師は、いった。

「では、先生から見て、本間夏子さんは、あの時、強い恐怖を受けて、それが原因で、一時的な記憶喪失になってしまった。それは、間違いありませんね？」

と、確認するように、十津川が、いった。

「間違いありませんね。ひじょうに強い恐怖とショックから、一時的な記憶喪失になってしまう。事件の前後の記憶が、なくなってしまうというのは、よくあることなんですよ」

と、山崎医師は、いった。

「すると、先生も、われわれと同じように、あの事件には、犯人がいて、その犯人が、夏子さんを襲った。そのために、流産してしまい、彼女は、恐怖とショックから、一時的に記憶を失ってしまった、そのように、考えているんですね？」

と、十津川は、いった。

「ええ、そう考えていいと思いますね。ただの流産では、記憶喪失にはなりません。実をいうと、私も、そう考えていたんです」

と、山崎医師は、いってくれた。

「ご主人の本間さんも、そのことを、知っていたと思われますか？」

と、亀井が、きいた。

山崎医師は、肯いて、

「ご存知だと思いますね。だから、私に対して、『警察には、何もいわないでいて欲しい。ただの流産、そういって欲しい』と、いったんだと思いますよ。もし、あのご主人が、何も知っていなければ、そんなことを、口止めする必要は、ありませんからね」

と、いった。

「念を押しますが、本間夏子さんは、あの日、誰かに襲われて、腹を何回も殴られた、そのために流産した。そう考えていいんですね？」

「殴られたか、あるいは、蹴飛ばされたか、いずれにしても、そういう、外的な強い力が、加えられたことによって、流産させられてしまったんだと、思っています」

と、山崎医師は、いった。

8

その日の捜査会議で、十津川は、自分の考えを、捜査本部長の三上《みかみ》部長に、説明した。

三上部長は、黙ってきいていたが、

「そうすると、君は、その犯人に、心当たりがあるんだな？」

と、きいた。

「確証は、ありませんが、犯人の心当たりは、あります」

「それは、誰なんだね？」

と、三上が、きいた。

「九月五日に、八王子駅の近くで、中村健治という、二十五歳の男が、殺されました。犯人は、三人組の男ということまでは、わかっています。中村の友人だった本間が、その三人を知っているのではないか、顔を、見ているのではないか、そう思われるフシが、あります。しかし、本間は、『見てもいないし、友人の中村健治が、殺されたのも、知らなかった』、そういって否定しているんです。それが、今回の一連の事件の、引き金になったんだと、思っています。その三人の男たちは、本間を、脅かして、口止めをしました。本間のほうは、恐怖のために、警察に対して、一貫して『三人の犯人については、何もわからない』、それで、通してきました。しかし、その三人組の一人の、橋爪恭介三十歳が、殺されました。死体は、奥多摩の山中に、埋められており、車は、浅間温泉の近くで発見されました。ほかに、犯人のものと思われる、血の付いた、背広の上着が、発見されています。われわれは、それを、本間英祐のものと、考えました。つまり、橋爪恭介は、本間を脅かしたのですが、その時、誤まって、本間に、殺されてしまった。われわれは、そう考えたのです。そう考えれば、その後に、起きたことが、納得できます」

「どう納得できるのか、説明して欲しいね」

と、三上が、いった。

「三人組の残りの二人が、問題です。その二人は、仲間を殺されて、犯人は、本間に違いないと、思っているでしょうから、本間を脅かしたんでしょうね。金を要求したのかも知れません。ところが、本間は、なかなか、金を払おうとしない。そこで、二人の男は、本間が会社に行っている間に、本間の自宅を襲って、妊娠中の、本間の奥さんを、痛めつけたんです。腹を殴るか、蹴るかして、流産させてしまったんですよ。そのため、本間の奥さんは、恐怖から、一時的な記憶喪失になってしまった。そういうことです」

と、十津川が、いった。

「もし、そうなら、どうして、本間は、警察に、そのことを、いわないのかね?」

と、三上が、きいた。

「理由は、二つ考えられます。本間は、妻の夏子を襲ったのは、三人組の残りの二人だと、考えたに違いありません。しかし、確証がないので、警察には、訴えられない。これが、理由の一つです。もう一つの理由は、本間は、自分で、この件に、決着をつけようと、思っているのかも知れません。だから、警察には、何もいわない。そう思ってもおります」

と、十津川は、いった。

「自分で、決着をつけるというのは、どういうことかね?」

と、三上が、きいた。

「それは、はっきりしませんが、文字通り、自分で決着をつける。傷ついた奥さんの、仇を討つつもりなのかも知れません」

と、十津川は、いった。

「しかしだね、君の見たところ、本間英祐という男は、ひじょうに、気の小さい男なんだろう? そんな男が、どうして、二人もの、男に向かって、戦いを挑むと、君は、思っているのかね?」

と、三上が、きいた。

「確かに、本間という男は、小心で、暴力を、振るうようには、思えません。しかし、われわれの想像が、当たっているとすれば、彼は、一人、人間を殺しているんです。ですから、度胸が、ついたんじゃないでしょうか？　それで、小心者の本間ですが、自分の手で、二人を始末してしまおうと考えたのかも知れません」

「具体的に、本間は、何をしようとしていると、君は、思うんだ？」

と、三上は、十津川に、きいた。

「それがわからなくて、困っています。本間を、監視しているのですが、これといった動きは、見せていません。サラリーマンらしく、毎日定刻に、東京駅近くの会社に、出勤しています し、休みの日には、趣味にしている、蒸気機関車の模型を作ろうとしています。しかし、彼は、何かを、企《たくら》んでいます。それだけは、間違いありません」

と、十津川は、はっきりと、いった。

第六章　影を追う

1

十津川たちは、二つの方向から、捜査を進めていた。一つは、本間英祐四十二歳の、監視である。もう一つの方向は、やっと特定された三人組の残った二人、小田切進《おだぎりすすむ》と、小城大助《こしろだいすけ》の二人の、動向だった。

本間英祐の、監視に当たっていた、西本と日下の二人の刑事が、十津川に報告した。

「会社の仕事のほうは、ずっと、熱心に続けており、彼が担当している、営業八課の成績も引き続き、上がっていて、会社は、満足しています。この勢いですと、今年のボーナスは、かなりの金額が支給されるものと、思われます。部下も、本間の働きに、ビックリしているようで、営業八課が、立ち直ったのは、本間の活躍だと噂されています。中には、急に仕事熱心になったのは、おかしいという、社員もいるようですが」

と、西本が、いった。

「本間の、私生活のほうは、どうなんだ？」

と、十津川が、きいた。

「本間は、今度は、国産のC11の模型ではなくて、アメリカの、かなり大きな、蒸気機関車の模型を作ろうとしています。現在も、アメリカの森林鉄道で、使われている蒸気機関車で、それを作るのに、夢中になっているようです。そのために、新しい工作機械を、何台も買い込みましたし、ウィークデイでも、会社から帰って来ると、すぐ工作室に、閉じこもっています。先日の休みの日には、レールを敷くために、庭をスコップで、地ならししていました」

と、日下が、いった。

「ちょっと、待ってくれ。そのスコップだがね、橋爪恭介が殺された頃、本間が、スコップを買った。死体を、奥多摩に埋めるのに、使ったのではないかと疑っているのは、そのスコップなんだよ」

と、亀井が、いった。

「それで、わざと、庭の地ならしに使って、趣味のために、買ったのだということを、私たちに、印象づけようとしているのかも知れません」

と、日下が、いった。

「現在までに、どんな工作機械と、資材を買ったか、わかるか？」

と、十津川が、きくと、西本は、その内容を書いたメモを、十津川に示した。

十津川は、一読して、

「ずいぶんと、たくさんの工作機械や、資材を買っているんだな」

と、いってから、

「この、直径十・二ミリという鉄パイプは、いったい、何に、使うんだろう？」

と、首を傾《かし》げた。

「本間の説明では、SLの、いわゆる罐《かま》の中には、熱い蒸気を通すための何本もの、鉄パイプが、通っているのだそうです。それに、使うのだといっていますが、確かに、彼が作ったC11の模型を見ても、罐の中には、何本もの、鉄パイプが通っています」

「しかし、鉄パイプは、銃身にも使えるだろう？」

と、十津川が、いった。

「確かに、そうですが、彼が、銃を作っているという証拠には、なりません。否定されてしまえば、それまでですから」

と、日下が、いった。

西本が、そのあとで、

「彼のSL好きと、関係があるかどうかは、わかりませんが、二日前に、サラ金に行って、五十万円の金を、借りています。その理由について、きいたところ、新しい蒸気機関車の模型を作るには、大金がかかるので、そのための資金を、サラ金から、借りたといっていますが」

と、いった。

「五十万借りたのか」

「そうです」

「本当に、SL模型を作るために、借りたのでしょうか？　そこのところが、はっきりしませんね」

と、亀井も、いった。

だが、個人的に、五十万の借金をしても、それだけで、咎《とが》めるわけには、いかない。

十津川は、腕組みをすると、小田切進と小城大助を監視している、三田村たちに、目をやった。

「そちらのほうの調査は、どうなっている？」

「二人とも、相変わらず、フリーターのままです。フリーターを、止《や》められないのか、それとも、どこかの会社の、正社員になろうとしても、受け入れて貰えないのか、その辺は、よくわかりませんが、もちろん、二人の両親に、会うと、嘆《なげ》いています。早く、まともな職業について、結婚して、孫の顔を、見せて欲しいと、異口同音《いくどうおん》に、いっていますが、今のところ、その期待は無理なようです」

と、三田村が、いった。

「金には、困っている様子かね？」

と、十津川が、きいた。

「二人とも、不安定な、仕事に就《つ》いていますから、こちらが、計算したところでは、二人ともせいぜい、月に十四、五万円程度の、収入だと思われます。それだけでは、遊びを楽しむには、不満があると思います」

と、北条早苗刑事が、いった。

三田村が、

「実は、昨日ですが」

「昨日は、日曜日だったな？」

と、十津川は、いう。

「そうです。昨日、二人は、揃って、立川《たちかわ》の競輪場に、行っています。そこで、二人とも、二十万円ずつ、すっています」

と、三田村が、いった。

「二人で、それぞれ、二十万円ずつ、使ったのか？」

「そうです。第一レースからずっと買い続けて、二人とも、二十万円の損害を出して、少しばかり、荒れていましたね」

と、三田村が、いった。

「二人とも、せいぜい、月収十四万か、十五万の人間なんだろう？　それがどうして、一日二十万円も使ったんだ？　計算が、合わないじゃないか？」

と、十津川が、いった。

「考えられるのは、本間英祐が、サラ金から五十万円を、借りたということなんです。ひょっとすると、小田切と小城の二人が、本間を脅かして、五十万をサラ金から、借りさせ、それを、受け取ったのかも知れません。もちろん、小田切も小城も、否定しています」

と、三田村が、いった。

「脅迫か」

と、十津川が、つぶやく。

「小田切と小城の二人は、仲間の、橋爪恭介を、本間が殺したと思っているようですから、それを、ネタにして、本間を脅迫したことは、十分に、考えられます」

と、北条早苗が、いった。

「その金を、一日で、すってしまったとすると、もう一度、小田切と小城の二人が、本間を恐喝するかも知れないな」

と、十津川が、いった。

「その可能性は、十分にあります」

と、三田村が、いう。

「その点を、しっかりと、監視してくれ」

と、十津川が、いった。

「小田切と小城の二人が、昨日の、日曜日に、競輪に行ったのはわかったが、ほかの日は、どういう生活を、送っているんだ？」

と、亀井が、きいた。

「二人とも、フリーターという、不定期な仕事に、就いていますから、仕事のない日も、何日かあります。そういう時は、二人とも、朝から、パチンコを、やっているようで、二人がよく行くパチンコ店は、新宿の、ラッキーという店です」

と、三田村が、いった。

「そのパチンコは、どうなんだ？　儲《もう》かっているのか？」

「二人とも、昔から、パチンコを、やっているようで、かなりうまいですよ。とはいっても、儲かる時もあれば、儲からない時も、あります。トントンのようですが」

と、北条早苗が、笑った。

2

「小田切と小城の二人の性格は、どうなんだ？　君たちの話をきいていると、どうも、本当の、ワルではなくて、普通の若者のようにも、見えるんだが」

と、亀井が、いった。

「そうですね。二人とも、それほどの、ワルではありません。今時の、普通の青年に、見えます。もちろん、今の普通の青年が、昔でいえば、ワルみたいなもんですが、二人とも護身用に、ナイフを、持っているようです。ただ、最近は、普通の人間も、護身用に何かを、持っていますが」

と、北条早苗が、いった。

月が替わってすぐ、本間英祐が、サラ金から、さらに、百万円借りたという情報が、入ってきた。

「前に、五十万円借りたサラ金とは、別の、サラ金です」

と、西本が、いった。

「それにしても、よく貸すものだな」

と、十津川が、感心すると、

「何しろ、本間の、働いているM住建は、優良企業ですし、本間は、そこの、課長補佐ですからね。サラ金だって、喜んで貸すと、思いますよ」

と、西本が、いった。

「彼が百万円も、借りた理由は、何なんだ？」

と、亀井が、きいた。

「今回、彼が借りた、サラ金に、きいてみましたら、本間は、旅行のために、百万円借りたい。そういったそうです」

と、日下が、いった。

「旅行？　本間は、どこへ、旅行するんだ？」

と、亀井が、きく。

「われわれが、調べたところ、本間は、六日から、タイのバンコクに、行くことにしています」

と、日下が、いう。

「タイのバンコクか」

「そうです。会社のほうには、心身のリフレッシュのために、旅行をしたいという休暇願を出しています。六日からですが、六日、七日は土日で、もともと休みですから、八日の、月曜日一日だけの、休暇願です」

と、日下が、いった。

「リフレッシュのため、タイのバンコクに、旅行か、羨《うらや》ましいもんだな」

と、十津川が、小さく、笑った。

「こんな時に外国旅行か」

と、亀井が、いうと、西本が、

「本間にいわせれば、こんな時だからこそ、気分転換に、外国旅行がしたいというんじゃありませんか」

と、いった。

外国旅行を、止める権限は、警察にはない。

十津川は、

「六日から、八日までなんだな？　それを確認してもらいたい。それと、間違いなく、本間がタイのバンコクに、向けて、出発するかどうか、それも、確認したいんだ」

と、いった。

「わかりました。六日には、私と日下刑事で、成田空港から、彼が出発するのを、確認しますよ」

と、西本が、いった。

六日土曜日の朝、本間英祐は、ボストンバッグ一つを、提げた軽装で、成田空港に、向かった。西本と日下が、その監視に、当たる。

成田発九時四十五分のバンコク行き、タイ国際航空の、ボーイング777に、本間は、搭乗した。

西本と日下の二人は、それを、見送ってから、十津川に報告した。

「ただ今、間違いなく、本間英祐は、タイ国際航空の、ボーイング777で成田を、出発しました。タイのバンコクに着くのは、十八時、午後六時ちょうどの、予定です。所要時間は、十時間十五分です」

と、西本が、いった。

「乗客の中に、例の二人は、いないか？」

と、十津川が、きいた。

「搭乗者名簿を、調べましたが、小田切進と小城大助の名前は、ありませんでした」

と、日下が、いった。

そのことに、十津川は、少しばかり安心したが、

「本間が、向こうに着いてから、どう行動するか、それを知りたいものだ」

と、いった。

しかし、今の状況では、インターポールを通じて、タイの警察に、依頼して、本間の行動を、監視してもらうわけにも、いかなかった。

そこで、十津川は、友人の田口《たぐち》の協力を、仰《あお》ぐことにした。

田口の中央新聞は、タイのバンコクにも、支局を持っている。十津川は、そのため、今度も田口に夕食を、奢《おご》った。

「君のところの、バンコク支局の人間に、一人の男を、監視してもらいたいんだ。今日は土曜日だが、月曜日には、帰国する予定になっている男なんだがね」

と、いった。

「どういう男なんだ？　危険な男なのかね？」

と、田口が、きく。

「いや、どちらかといえば、事件の被害者のほうの人間だ」

と、十津川は、いい、本間英祐の写真を、田口に渡した。

「今日の、タイ国際航空の、643便で、バンコクに着く。この男の、三日間の行動を、何とか、監視して、報告して、もらいたいんだ」

と、十津川は、いった。

田口は、ちょっと、考えてから、

「今のところ、タイでは、これといった事件は、起こりそうにないから、引き受けてもいい。ただ、これは、アルバイトだから、ちゃんとアルバイト代を、貰うぞ」

と、いった。

「もちろん、払うさ。とにかく、事件を、予防したいからね。よろしく、お願いする」

と、十津川は、頭を下げた。

翌七日の、午後に、田口から、電話が入った。

「うちのバンコク支局の、支局員が、君のいう、本間英祐という男の、発見に成功、監視しているが、本間は、タイのバンコクのホテルに、チェックインし、今日の午前中は、市内を、見学して回っていたが、昼過ぎになって、ベトナムに、入っていった。うちの支局員も、彼を追って、現在ベトナムに入っているよ」

と、田口が、いった。

「なぜ、ベトナムに入ったんだ？」

と、十津川が、きく。

電話の向こうで、田口が、笑って、

「そんなこと、わかるもんか。こちらに、わかるはずがないだろう。今は、ベトナムも、戦時下ではないし、戦後の復興に、邁進《まいしん》しているところだから、心配することはないさ」

3

「しかし、それにしても、何で、ベトナムに入ったのだろう？　タイのほうが、面白いはずなんだがな」

と、十津川が、いった。

「ベトナムでは、戦争中の、防空壕《ぼうくうごう》なんかも、見せてくれるそうだから、それを、見に行ったんじゃないのか？」

と、田口が、いった。

「そんなものを、見るために行ったとは、到底《とうてい》、思えないんだがね」

十津川が、いった。

「とにかく、うちの支局員が、本間英祐に、ピッタリ密着して、写真を、撮ってくれるそうだから、その写真を送るよ」

と、田口は、いった。

「本間英祐が、ベトナムに行ったんですか？」

と、亀井も、驚いた顔で、十津川に、いった。

「そうなんだ。タイのバンコクならば、男の楽しめるところだから、リフレッシュするために、行ったというのも、わかるんだが、ベトナムに、なぜ、行ったのかが、わからん」

と、十津川が、いった。

その日の夕方になって、田口からまた、電話がかかった。

「本間英祐が、何のために、ベトナムに入ったのか、それがわかったよ」

と、思わせぶりに、田口が、いう。

「何の理由だったんだ？」

「ベトナムは、現在、外貨が、欲しいから、観光客に、銃を撃たせる試射場を、各地に作っている。ホーチミン市などが、中心だが、郊外にも、試射場があって、本間英祐は、そこに行ったんだ。そこには、簡単な試射場があって、どんな銃でも、一発一ドルで、撃たせてくれるそうだ。もちろん、指導員が、ついていて、なかなか、盛況だそうだよ。アメリカ人、イギリス人、あるいは、日本人が来ていて、ワーワー騒ぎながら、銃を撃っているそうだ」

と、田口が、いった。

「本間英祐も、そこで、銃を撃っているのか？」

「うちの支局員の話では、とにかく熱心に、一発一ドルで、一時間近くも撃っていたそうだ。その写真も、撮ったらしいから、でき次第、写真も、手に入る」

と、田口は、いった。

本間英祐の帰国は、バンコク発二十三時ちょうどの、日本航空７０４便に乗る予定になっている。それに乗れば、日本時間の翌朝、六時四十分に着くはずだ。

その本間英祐が、帰って来るよりも先に、問題の写真が、中央新聞のバンコク支局から、警視庁の、捜査本部に送られてきた。

簡単な造りの試射場で、周囲には、土塀が造られていて、その中央に、射撃台がある。後方には、簡易ベンチが並べておかれ、各国からの、観光客が、腰を下していた。日本人もいれば、アメリカ人もいる。

問題の本間英祐が、M16と思われる銃で射撃をしている写真も、三枚写されていた。説明には、こうあった。

「現在、ベトナムでは、六ヵ所で、銃の試し撃ちが行なわれていて、盛況である。教官は、すべて、ベトナム戦争に参加した元兵士で、指導は、懇切丁寧であり、今までに、試射で負傷した者は、いない。

本間英祐は、熱心に、一時間近くも撃っており、ひどく、紅潮した顔をしていた。本間英祐のほかにも、日本人が、この日も三人ばかり、来ていて、はしゃぎながら、銃を撃っていた」

その写真を見ながら、亀井が、渋面を作って、

「どうも、こういう写真を、見ると、嫌な予感に、襲われますね」

と、いった。

「どんな予感だ？」

と、十津川も、同じことを、思いながらも、きいてみた。

「銃ですよ。本間は、新しい、蒸気機関車の模型を作っているといっていますが、ひょっとすると、銃を、作っているのかも知れません。その銃で、小田切進と、小城大助の二人を殺すつもりでは、ないでしょうか？」

と、亀井が、いった。

「実は、私も、同じ不安を、感じているんだが、本間英祐が、それほどの、勇気を、持っているだろうか？　彼の経歴を調べると、とても、そんな勇気があるとは、思えないんだが」

と、十津川が、いった。

「しかし、窮鼠《きゅうそ》、猫を噛むということだって、あるじゃありませんか？　警部だって、同じような怖れを、持っていらっしゃるんでしょう？」

と、亀井が、いった。

「問題は、あくまでも、証拠だよ。証拠がなければ、どうすることもできない。ベトナムに、銃の試射に行ったからといって、それだけで、本間を、逮捕することは、できないよ。ほかに何人もの日本人が、同じ目的で、ベトナムに行っているし、いちばん多いのは、おそらく、グアムか、中国だろう。そこに、銃を撃ちに行っている日本人が、たくさんいるんだから」

と、十津川は、いった。

「しかし、本間の場合は、特別ですよ。もし、模型のSLを作っているのではなくて、銃を、作っているのだとしたら、これは、大変なことになります。それだけで逮捕できます」

と、亀井が、いった。

十津川は、時計を見た。現在、七日の、午後三時四十分。明日の朝になれば、本間英祐は、バンコクから、成田に帰って来る。それまでの間に、令状を取って、本間英祐の家の中、特に工作室を、調べてみたい。

「しかし、令状がおりるかな？」

と、十津川は、自問した。

現在のところ、本間英祐が、橋爪恭介を殺したという証拠は、まだ、つかめていないし、本間の妻、夏子が、三人の残党の、小田切進と小城大助の二人から、乱暴を受けて負傷し、お腹の中の子供が、死んだという証拠も、ないのである。

数多くの工作機械を、買い込んではいるが、C11の鉄道模型を作ったという実績もあるし、彼自身は、今度は、新しいアメリカの、蒸気機関車の模型を作るといっている。

もちろん、実際には、拳銃を作っているのではないのか、そういう疑いがあるから、家宅捜索の、令状が欲しい。

果たして、裁判所が、令状をくれるだろうか？

「今のところ、本間英祐は、被害者の、立場だからなあ」

と、十津川が、言葉に出して、いった。

「しかし、危険な、被害者ですよ。一応、令状を請求してみませんか？　令状がおりなければ、それで、もともとですから」

と、亀井が、いった。

「そうだな。とにかく、やってみよう」

と、十津川も、いった。

すぐ地方裁判所に、本間英祐の、家宅捜索の令状が、請求された。

十津川自身、ほとんど、期待はしていなかったのだが、奇跡的にも、午後六時になって、家宅捜索の、令状が取れた。

しかし、それには、条件がついていて、本間英祐本人の立会いがあれば、家宅捜索の、許可がされるというものだった。

十津川にしてみれば、本間英祐が、留守の間に、家宅捜索をしたいのだが、それは禁止されていた。

仕方なく、十津川と亀井は、翌朝、家の前で、本間が、帰って来るのを待った。

午前十時二十分、本間英祐が、家に帰って来た。家の前に、パトカーがあり、そこに十津川と亀井がいるのを見て、本間は、急に、渋い顔になり、

「今度は、いったい何の用ですか？」

と、きいた。

「実は、家宅捜索の、令状がおりましてね。それで、あなたの立会いの下《もと》に、家の中を、調べさせて、もらいたいんですよ」

と、十津川が、いった。

「それは、構いませんが、何のために、家宅捜索を、するんですか？」

と、本間は、家に入りながら、きいた。

十津川は、逆に、

「タイには、何のために、行かれたんですか？」

と、きいた。

「会社にも、いっていますが、心身の、リフレッシュのためですよ。いろいろと、事件が、ありましたし、仕事も、忙しかったので、この際、一日だけ、休暇を取って、三日間の、リフレッシュをしたんですよ。それが、いけませんでしたか？」

と、本間は、ケンカ腰で、いった。

「まあ、結構ですが、あなたは、ベトナムにも、行かれましたね？」

と、亀井が、いった。

その瞬間には、何も答えずに、本間は、黙って、二人を、応接室に通すと、そのあと、上着を脱ぎながら、

「行きましたよ。ベトナムにも、関心がありますからね」

と、いった。

「ベトナムでは、楽しい思いをされたようですね？」

と、亀井が、きくと、本間は、急に、ニヤッと笑って、

「その分だと、僕が、何をしに、ベトナムへ行ったのかも、ご存知なんでしょう？　タイのバンコクにいたら、そこの、ホテルのボーイが、教えてくれたんですよ。ベトナムでは、お金さえ出せば、本物の銃を撃たせてくれる。日本人に人気がある。そういわれたんで、急に、ベトナムのホーチミン市に、行ってみたんです。僕だって、男ですからね。銃を撃ってみたいという気持ちは、ありますよ。それで、ホーチミン市に、行って、その郊外で、一発一ドルで、銃を撃ってみたんです」

と、いった。

「それで、気分は、どうでした？」

と、十津川が、きいた。

本間は、またニヤッと笑って、

「それなんですけどね。反動の大きいのに、ビックリしましたが、それでも、すこぶる楽しいんですよ。驚きましたね。自分が楽しんでいるのに、驚いたんです。それで、つい、一時間近くも撃ち続けました」

と、いった。

「最初から、今回の旅行の目的は、ベトナムで、銃の試射を、することじゃなかったんですか？」

と、十津川が、きいた。

「そんなこと、あるはずはないでしょう。僕だって男だから、タイに、行って、遊びたい、そう思って、バンコクに、行ったんですよ。向こうは、男性天国だと、いいますからね。そうしたら、今いったように、ホテルのボーイに、勧められて、急に、一日だけベトナムの、ホーチミン市に行っただけです」

と、本間は、いった。

そのいい分を、くつがえすだけのものが、今はない。

「では、令状に従って、家の中を、調べさせてもらいますよ」

と、十津川が、いった。

「どうぞ。僕がいたのでは、調べづらいでしょうから、僕は、庭にいますよ」

と、いって、本間は、自分から、庭に出ていった。

二人はまず、半地下になっている、工作室に降りていった。部屋の中は、機械油の匂いと、溶接に使うガスの匂いが、入りまじっている。

壁には、アメリカの、蒸気機関車の写真と、その横に、それを縮小した、設計図が留められている。

小型旋盤や小型ドリル、フライス盤が、ずらりと、並んでいる。

台の上には、輪切りにした、厚さ一センチぐらいの鉄製の円盤が並んでいる。たぶん、これは蒸気機関車の、動輪にするつもりなのだろう。

それから、長い、鋼鉄製のパイプが、二本置いてある。

二人は、工作室の中で、拳銃の、元になるようなものを、探し回った。銃身や撃鉄、引き金、それに、銃床などの部品《パーツ》である。

一つでも、そういうものが、見つかれば、彼が手製の銃を、作っている証拠に、なるのだが、いくら探しても、それらしいものは、見つからなかった。

「拳銃は、作っていなかったんでしょうか？」

と、亀井が、いらだちの顔で、きく。

「そうかも知れないし、すでに、作り上げて、どこかに隠してしまったのかも知れない」

と、十津川が、いった。

一時間近く、探して、結局、何も見つからず、ガッカリしていると、庭から本間が、入って来た。

「何か、見つかりましたか？」

と、しれっとした顔で、きく。

「いや。それにしても、ずいぶん充実した、工作室ですね。これなら、何でも、作れるんじゃありませんか？」

と、亀井が、嫌味な口調で、いった。

本間は、笑って、

「そりゃ、何でも、作れますよ。でも、僕は、蒸気機関車しか、作らない」

と、いった。

「蒸気機関車の件とは、別なんですが、本間さんは、小田切進、小城大助という名前に、心当たりは、ありませんか？」

と、十津川が、きいた。

本間は、急に、きつい目になって、

「確か、前にも、三人組について同じようなことをきかれた気がするんですが、二人とも、

「知りませんね」

と、いった。

「あなたは、現在、二つのサラ金から、合計百五十万円の金を、借りていますね？　今まで、あなたは、サラ金から、金を借りたことはない。それなのに、どうして、最近になって、急に百五十万円もの金を、借りたんですか？」

と、十津川が、きいた。

「前の五十万円は、蒸気機関車の模型を作るのに、どうしても必要な、工作機械があったり、部品が、あったりしたからですよ。それで借りました。今度の百万円は、タイのバンコクに行く、その旅行のために、借りたんです」

と、本間は、いう。

「今度のバンコク行きで、百万円も、かかったんですか？」

と、亀井が、意地悪くきいた。

4

本間は、おだやかな表情に戻って、

「心配なので、余分に持っていきました。あなただって、外国旅行の時は、そうされるんじゃありませんか？」

と、いった。

結局、その日は、何の収穫もなく、十津川と亀井は、引き上げざるを得なかった。

もちろん、本間英祐と、小田切進、小城大助の三人の監視は、続けることになった。

翌九日の朝も、本間は、律義に、会社に行き、いつもと同じように働いた。

「同僚も、本当に、仕事の虫だといって、感心していますね」

と、西本が、十津川に、報告した。

「そんなに、熱心に、仕事をやっているのか？」

「そうです。彼のいる営業八課は、中古のビルや、マンションを、売っているのですが、それを買った人間や、会社に話をきくと、『とにかく、本間さんの熱心さに負けた』といっているんです」

と、日下が、いった。

「あれなら、次の人事異動で、課長昇進は、間違いありませんね」

と、西本も、いった。

その熱心さが、十津川には、不気味だった。本当に、仕事熱心なのか、それとも、何かを、カモフラージュしようとして、熱心にやっているのかが、わからないからだ。

しかし、そうした、十津川の不安を、打ち消すように、その後も、本間は、一日も休まず、熱心に仕事をしている。そして帰宅すると、今度は、工作室に閉じこもっていた。

二十日になると、「鉄道ホビー」という雑誌が、出たのだが、そこには、本間英祐のことが、大きく載っていた。

ほかにも、三人の模型好きが、記事になっていたが、本間の場合は、もっぱら、人の乗れる、蒸気機関車の模型の製作に、熱心だとある。

あの工作室の写真も、何枚も、載っていた。

十津川と亀井が、家宅捜索をした時には、まだ、丸い鉄板にしか、見えなかったものが、すでに、動輪に成形されている。

円形のボイラーもでき上がっていて、その前で、本間が、記者の質問に答えている。

「本間さんは、M住建に勤める、サラリーマンですが、子供の頃から、鉄道模型が好きで、最初はNゲージを集めていて、今は、自ら乗れる、3½の模型を、作っています。すでに、C11の模型は、完成していて、それは、現在、庭にレールを敷いて、走らせています」

と、記者が、書いている。

C11の模型も、写真になっていた。

「現在は、それよりも、一回り大きいアメリカ製のマウンテン４８２という蒸気機関車の模型を、作っているそうです。なぜ、それほど、ＳＬに憧れるのか、話していただけませんか？」

と、雑誌記者が、いい、本間が、それに笑顔で、答えている。

「これは、男の夢ですね。私は、子供の頃から、鉄道が好きで、特に、蒸気機関車が好きだったんです。最初のうちは、Ｎゲージで、我慢していたんですが、そのうちに、どうしても、人間が乗れるくらいの、大きな模型を作ってみたい、そう思って、最初から勉強をし直しました。工作機械も、買い集めましてね。

そして、とうとう、Ｃ11の３½の模型を、作ったんです。現在、それを、庭で走らせているんですが、人間というものは、おかしなもので、Ｃ11の模型を、作ってしまうと、今度は、それよりも、大きくて、複雑な、アメリカの蒸気機関車マウンテン４８２を作ってみたくなったんですよ。

それで、こうやって、自分で、設計図を描き、作っている最中なんです」

「現在、ここにＣ11の模型がありますが、それより、どれぐらい、大きくなるんですか？」

「そうですね。Ｃ11のほうは、全長一メートル六センチですが、こちらの、アメリカの機関車のほうは、全長が二メートル二十三センチです」

「じゃあ、二倍くらいに、なるんじゃありませんか？」

「そうなりますね。今もいったように、作っていると、だんだん、大きくて、力強いものが欲しくなるんですよ」

「このアメリカの、蒸気機関車が完成したら、どうするつもりですか？」

「そうですね。どこか、広場を借りて、レールを敷いて、このC11とこのマウンテン482の模型を並べて、走らせたいんですよ。子供たちを、乗せてね」

本間は、楽しそうに、しゃべっている。

「羨《うらや》ましいですね、そういう趣味を持っている人は。しかし、お金と時間が、かかるんじゃありませんか？」

と、記者が、きいた。

「そうなんです。お金もかかるし、時間もかかります。このマウンテン482の完成は、おそらく、夏を越してしまうのではないでしょうか？　本当は、学校の夏休み中に、完成させて、子供たちを、乗せて、走らせたいんですけどね」

と、本間は、いった。

「仕事のほうに、支障をきたしませんか？」

と、記者が、きいた。

「それだけは、絶対に、支障のないようにしています。模型作りに、熱中するあまり、本業のサラリーマンとしての仕事に、支障をきたしては、何にも、なりませんからね。ですから、いつも以上に、一所懸命に、仕事をしていますよ。会社にきいてくだされば、わかります」

と、本間は、自信満々に、いった。

この雑誌の記事を、見ている限り、本間は、すばらしい趣味を持った、優秀なサラリーマン、そんな感じだった。

M住建の、上司の談話も、載っている。

「本間君は、うちでも、仕事熱心な社員として知られています。何しろ、営業八課という、今まで、赤字続きの部門を、彼の熱心さが、黒字にしたんですからね。優秀な社員ですよ。その優秀な社員が、こんな楽しい道楽を、持っているとは、思いませんでした。たぶん、蒸気機関車作りが、仕事の面でも、プラスになっていると思いますよ」

と、上司が、ほめちぎっていた。

「警部は、今でも、本間英祐が、拳銃を作ったと思われますか？」

亀井が、記事から眼を上げて、きいた。

「十中八、九、作ったと思っている」

と、十津川は、応じた。

「しかし、作ったとすると、どこに、隠したんでしょうか？　あの家を一時間近くも、探しましたが、見つかりませんでしたが」

「銀行の、貸し金庫に、入れたのかも知れない。あるいは、あの家のどこかに、隠したのかも知れないな。庭に穴を掘って、埋めたのかも知れない」

と、十津川は、いい、

「拳銃の試射を、たぶん、彼は、やりたいんだ。しかし、時間も、場所もないものだから、彼は突然ベトナムへ行き、本物の拳銃の試射を、したんだ。銃を撃つということがどういうことか、彼は、それを知りたかったのだろう」

「拳銃というものは、そんなに簡単に、作れるものでしょうか？」

と、西本が、きく。

「たぶん、できるさ」

と、十津川が、いった。

十津川は、亀井を連れて、日本で実際に銃を作っている会社に行き、それをきいてみた。

現在、本間英祐が、持っている、工作機械の一覧表を示して、

「これだけのものがあれば、手製の銃が、できるものですか？」

と、きいてみた。

その会社の専務は、その工作機械の名前をずっと、見ていってから、

「そうですね。これだけの機械があれば、撃てるだけのものならば、十分に、できると思いますよ」

と、いった。

「撃てるだけのものというのは、どういうことですか？」

と、十津川が、きいた。

「つまり、銃というのは、弾丸を、発射するだけでは、ありません。その弾丸を、まっすぐ、飛ばして、十メートル先、二十メートル先、あるいは三十メートル先の的《まと》に命中させなければならないんです。そのために、銃身の内部には、螺旋《らせん》状の溝を、つけます。それによって、弾丸がまっすぐ飛ぶようになりますからね。しかし、これが、なかなか、困難な作業なんですよ。これだけの機械が、揃っていても、螺旋状の腔線《こうせん》をつけるのは、難しいと思いますね」

と、専務は、いった。

「腔線のない銃ならば、簡単に、作れるんですね？」

「作れますよ。鉄パイプが、売られていますから、それを切って、作ればいい。しかし、それでは、弾丸が、まっすぐに飛ぶという保証は、ありません」

と、専務は、いった。

「しかし、そんな銃でも、一メートルか、二メートルの至近距離なら、命中するんじゃありませんか？」

と、十津川が、きいた。

相手は、笑って、

「確かに、そんな至近距離ならば、外すことのほうが、難しいでしょうが、そんな至近距離でしか、使えないような銃なら、銃としての価値は、ありませんよ。獲物を獲るライフル銃なら、五十メートル、百メートルの距離からでも、命中させねばならないんですからね」

と、専務は、いった。

「しかし、幕末の日本で、作られていた、火縄銃は、銃身の中に、溝は作られていませんね？」

と、亀井が、きいた。

「その通りです。技術がありませんでしたから」

「それでも、使えることは、使えたんですね？」

「そうですが、命中精度は、ものすごく、悪いですよ」

と、専務が、いった。

「そんな銃なら、比較的、簡単に、作れますね？」

「そうです。今、刑事さんが示された工作機械があれば、そういう銃なら、簡単に、作れますね」

と、専務が、いう。

「弾丸も、手に入りますか？」

と、亀井が、きいた。

「今、空の薬莢《やっきょう》も、売っていますし、弾丸も売っています。本物の弾丸ですが、もちろん、火薬も、何も入っていない。しかし、それを、買って来て、火薬を詰めれば、本物の弾丸に、なりますよ。それを詰めて、撃てばいい。しかし、今もいったように、三十メートル、五十メートルの距離では、まず当たらないでしょう。いや、拳銃だとすると、五、六メートルの距離でも、当たらないかも知れないですね」

と、専務が、いった。

「しかし、作れることは、作れる。そうですね？」

と、十津川は、しつこく、きいた。

「そうですよ。作れます。しかし、二、三発撃てば、使えなくなるでしょうね。銃身が、焼けてしまいますから」

と、専務は、いった。

本間英祐が、拳銃を作ったとすると、どんなものを、作ったのだろうか？

彼が買い揃えた、工作機械では、銃身の中に、溝を彫ることは難しいと、いう。しかし、腔線のない、ただの鉄パイプを、使った銃ならば、簡単に、作れるという。

「相手は、小田切進と小城大助の二人だ。だから、二人を相手にする場合は、二連発でなきゃいけないな」

と、十津川が、いった。

「それには、銃身を、並べればいいんじゃありませんか？　あの銃砲店の専務は、そういう手製の銃は、二、三発撃てば、銃身が、焼けてしまって使いものにならなくなると、いいましたが、銃身を二つ並べれば、二発は撃てますよ」

と、亀井が、いった。

「それなら、そういう銃を、作って貰おう」

と、十津川が、いった。

「誰に、作ってもらうんですか？」

と、亀井が、きく。

「今日会った、銃の会社にだよ」

工作機械のほうは、警視庁で揃えた。本間英祐が、持っている機械と、同じものである。

そして、

「これで、いちばん簡単な拳銃を、作って欲しい」

と、頼んだ。

三日後になって、銃が完成したという連絡があり、二人は、それを、受け取りに行った。

「本業のほうが忙しいので、三日かかりましたが、実際には、一日で、でき上がりますよ」

と、専務が、手製の拳銃を、二人の前に置いた。

「これが、一日で、できるのですか？」

と、その拳銃を手に取りながら、十津川が、きいた。

「あれだけの、工作機械があれば、一日で、できますよ」

と、専務が、あっさりと、いった。

できたものは、簡単で、素朴なものだった。銃身が、二本並び、引き金が、二つあり、撃鉄も二つ、付いている。

「二本の銃身は、鉄パイプを、切ったものですから、中には、溝はついていません。だから、撃っても、五、六メートルの距離でも命中しないでしょう」

と、専務は、いった。

「しかし、撃てるんですね？」

「これに弾丸を詰めれば、撃つだけは、撃てますよ。何発もというわけにはいきませんが」

と、専務は、いった。

「これは、すべて、市販のもので、作ったのですね？」

と、十津川は、念を押した。

「その通りです。鉄パイプも、売っているし、あとは、鉄板を、加工して作りました。弾丸のほうは、専門店に行けば、火薬の入っていない、空の薬莢を売っているし、使用ずみの弾丸も売っています。それを、薬莢に詰めて、完全な弾丸にすることは、難しいことではありません」

と、相手は、いった。

「じゃあ、撃ってみせて、くれませんか？」

「いいですよ。ただし、一回だけですよ。二回目からは、ちょっと自信がない。たぶん、銃身が、焼けてしまいますから」

と、専務が、いった。

5

十津川と亀井は、地下にある、試射場に案内された。長さ十メートルのトンネルである。

「十メートルの距離ではなく、二メートルの距離から、撃ってもらえませんか？」

と、十津川が、注文をつけた。

「どうして、二メートルなんですか？」

と、相手が、きく。

「たぶん、この手製の銃が、使われるのは、二メートル以内の、至近距離からだろうと、思いますから」

と、十津川は、いった。

それで、二メートルの距離に、的が付けられ、専務が、その手製の銃を、撃ってくれることになった。

専務は、ゴーグルを付け、防弾チョッキを着た重装備で、まず、一発目を撃った。

大きな爆発音がして、弾丸が発射された。二メートルの距離だから、的に命中する。

続いて、二発目。同じような大きな爆発音がして、二発目も、命中した。

その的と、拳銃を持って、三人は、一階に上がっていった。

専務は、銃口を、のぞいてから、

「まあ、一発しか、撃てませんね。二発目は、ちょっと自信がない。銃身の中が、焼けてしまっています」

と、いった。

「しかし、一発は、撃てることは、わかりました。銃身が二つ付いているから、二発は、撃てるんだ」

と、十津川が、いった。

「それに、的に、命中していますよ。人形《ひとがた》の的に、命中しているんだから、二メートルなら、人を殺せます」

と、亀井が、いった。

専務が、そんな、二人の刑事の顔を見て、

「誰か、こんなものを、作って、人を殺そうと考えている人間がいるんですか？　暴力団じゃありませんね？　暴力団なら、本物の拳銃が、手に入りますからね」

と、いった。

「仮定の話なんですよ。もし、こうした拳銃が、誰にでも、作れるとすると、危険な話です。そういうことで、専務に作っていただいただけのことで、現実の問題じゃないんです」

と、十津川は、いった。

「しかし、わかりませんね」

「何が、わからないんですか？」

と、十津川が、きく。

「私なら、こんなちゃちな拳銃は、作りませんよ。二メートル以内でしか、使えないような拳銃ならば、むしろ、ナイフのほうが、力がある。ナイフなら、確実に、人を殺せますからね。こんな一発しか、撃てないような拳銃は、よほどのバカじゃなければ、作りませんよ」

と、三十七、八歳に見える専務は、いった。

「専務は、何か、運動をやっていますか？」

と、十津川が、きいた。

「空手二段です」

と、専務が、いう。

「それなら、こんな、オモチャのような拳銃は、作らないでしょうね。しかし、世の中には、力に全く自信のない人間が、何人もいるんです。ケンカをしても、とても、相手には、勝てない。かといって、ナイフも、うまく使えない。そんな人間ならば、こんな、ちゃちな拳銃でも、必死で作るんじゃないですか？　とにかく、二メートルならば、相手を殺せるんですから。ナイフは使えなくても、拳銃の引き金は、引けますからね、いくら、力のない人間でも」

と、十津川は、いった。

十津川と亀井は、その拳銃を、捜査本部に持ち帰って、刑事たちに、見せた。

刑事たちが、面白がって、その拳銃をいじっている。

「その拳銃ならば、本間英祐が、今、持っている工作機械で、作れるそうだ。弾丸も手に入る」

と、十津川は、刑事たちに、いった。

「警部は、これと同じものを、本間英祐が、作ったと、考えていらっしゃるんですか？」

と、西本が、きいた。

「証拠はないが、作った可能性が、ある。だからこそ、あの男は、バンコクからベトナムへ入って、本物の銃を試射してみたんだ」

と、十津川が、いった。

「しかし、その手製の拳銃は、まだ、試射していないんでしょう？」

と、日下が、きいた。

「たぶん、試射は、していないだろう。何しろ、一発しか、撃てないんだから。試射をしたら、それで、壊れてしまう」

「しかし、同じものを、二つ作って、その一つで試射することは、可能ですね」

と、日下が、いった。

「その通りだ。だから、君のいうように、本間英祐は、これと同じものを、二丁作ったに違いない。そして、それをどこかで、試射するはずだ」

と、十津川は、いった。

「試射するとすれば、奥多摩の山中でしょうか？」

と、三田村が、きく。

「あるいは、ガンガン、音楽を流して、家の中で、やるかも知れないな。何しろ、射程距離は、わずか、二メートル以内なんだから」

と、亀井が、いった。

「もし、家の中で試射するとすると、それを監視するのは、難しいと思います」

と、北条早苗が、いった。

確かに、その通りだった。たぶん、奥多摩などには、行かないだろう。何しろ、至近距離からしか撃てない拳銃だから、試射は、家の中でも、十分可能なのだ。

それから二日して、本間英祐の、監視に当たっていた、西本と日下の二人が、十津川に報告した。

「本間英祐の家の隣りに、住んでいる主婦なんですが、昨日の夜中に、何か、パンパンという銃声のような音を、きいたといっています」

「それは、銃声に、間違いないのかね？」

と、十津川が、念を押した。

「それが、よくわからないのです。何しろ、夜中ですし、その隣りの住人は、夜半に映画を見ていたら、午前二時頃、近くで、銃声らしき音をきいたというのですが、それが、本当の銃声なのか、それとも、パンクの音なのか、あるいは、深夜映画の音なのか、わからないといっています」

と、日下が、いった。

「正確な時間は、わからないのか？」

と、十津川が、きいた。

「午前二時頃としか、わかりません。その時、彼女は、テレビで、古い西部劇を見ていたので、その映画の銃声かも知れないともいっているのですが」

「しかし、西部劇を、見ていたのなら、その瞬間、スクリーンで、鉄砲が撃たれていたかどうかは、わかるだろう？」

と、亀井が、きいた。

「そうですが、自信がないと、その主婦は、いっています」

と、日下が、いう。

確かに、テレビ番組表を、見ると、午前一時から、古い西部劇が、放送されている。やたらと銃が発射される、映画らしい。

とすると、隣りの家の主婦が、わからないというのも、肯《うなず》けないことも、なかった。銃声がきこえたら、そちらのほうを、見てしまうだろう。だが、目を戻して、画面でガンマンが、銃を撃っていれば、テレビかも知れないと、思うに違いないからである。

念のため、十津川は、その主婦に、会ってみた。五十代の主婦だった。

「間違いなく、午前二時頃だったんですね？」

と、十津川は、きいた。

「そうなんです。ちょうど、西部劇を見ている最中だったので、映画の銃声なのか、隣りからきこえた、銃声なのか、自信がありません」

と、主婦が、いった。

「しかし、あなたは、西部劇を見ていた。そして、画面とは違う方向から、銃声がきこえたので、そちらのほうに、気を取られたんじゃありませんか？」

と、十津川は、念を押した。

「あの時は、どうだったのかしら？　ええ。確か、西部劇を、見ていたんですよ。そうしたら、銃声がきこえて。そうだ、やっぱり、違う方向からきこえたんです。隣りの家の方向から」

と、主婦は、いった。

「それは、二発きこえたんですか？」

「ええ、パンパンって、二発きこえました。それで、何だろうと思いながら、テレビのほうに、目をやったら、テレビでも、銃を撃っているじゃありませんか。それで、わからなくなったんです」

と、主婦は、いった。

十津川は、確信した。間違いなく、彼女がきいたという銃声は、本間英祐が、自宅で撃った、拳銃の音に違いない。

十津川は、すぐ、亀井と二人、本間英祐の家に、向かった。

午後七時過ぎに行くと、彼は、会社から帰って来ていた。

「もう一度、家の中を、見させていただけませんか？」

と、十津川が、いった。

「今度は、何の調べですか？　銃はないとわかったんじゃありませんか？」

と、本間が、いう。

「実は、今日の午前二時頃なんですが、隣りの家の奥さんが、こちらのほうから銃声が、二発きこえたといっているんです」

と、十津川が、いった。

「まさか、僕が、銃を、撃ったというんじゃないでしょうね？」

「いや、私は、あなたが、銃を撃ったと思っている」

「でも、銃なんか、どこにも、ありませんよ」

と、本間が、いう。

「ですから、もう一度、家の中を、調べさせていただきたいのです。拒否なさるのなら、もう一度、令状を、貰ってきますが」

と、十津川は、強い口調で、いった。

本間は、首をすくめて、

「それなら、調べたいだけ、調べたらいいでしょう。僕は、近くにある喫茶店で、お茶を飲んでいますから」

と、いって、また、出て行った。

十津川は、亀井や、ほかの刑事たち五人を指揮して、家の中を徹底的に、調べさせた。

「銃はなくても、銃を二発撃った痕跡《こんせき》が、あるはずだ。それを、見つけ出して欲しい」

と、十津川が、いった。

刑事たちが、必死になって、家の中を調べて回る。鑑識《かんしき》も同行していたから、彼らも、銃を撃った痕《あと》を、調べていった。

しかし、見つからなかった。手製の拳銃も見つからなかったし、銃を撃った痕も、見つからなかった。

一時間半ほどして、本間が、のんびりとした顔で、帰って来た。

十津川の顔を見るなり、

「どうでした？　何か、見つかりましたか？」

と、きく。

「いや」

「そうでしょう。僕は、何もしていませんからね。拳銃も、作っていないし、家の中で、拳銃を発射したこともありませんよ」

と、本間は、笑った。

「ずいぶん、きれいな顔を、していますが、銭湯にでも、行って来たんですか？」

と、十津川が、きいた。

「どうしてです？　どうして、そんなことをきくんです？」

「いや、ちょっと、石鹼の匂いが、したものですからね」

と、十津川が、いい、

「引き上げよう」

と、亀井たちに、いった。

刑事たちは、パトカーに戻った。鑑識も引き上げる。

「残念でしたね。でも、どうして、見つからなかったのかなあ？」

と、亀井が、きいた。

「たぶん、布団を丸めて、その中で撃ったんだろう。そして、その布団は、今日の午前中に、始末してしまった。会社に行く前にだよ」

と、十津川がいった。

「それにしても、呑気なものですね。われわれをおいておいて、銭湯に、行って来るなんて」

と、亀井が、いった。

「硝煙《しようえん》反応だ」

と、十津川が、小さく、いった。

「ああ」

と、亀井が、大声を出した。

十津川は、肯いて、

「もちろん、彼は、手製の拳銃を撃った後、手を洗って、硝煙反応を、消してしまったはずだ。しかし、自信がなかったんだろう。われわれが、行った時、硝煙反応を、調べられたら困ると思い、すぐ銭湯に、行ったんだ。銭湯で、よく洗って、硝煙反応を、消してしまい、悠々と、戻って来たわけだ。だから、あの時に硝煙反応を、調べても、出なかったとは思うが」

と、いった。

「しかし、彼が、それを、気にしていたことだけは、わかりましたね」

と、亀井が、いう。

「そうだ。だから、間違いなく、あの男は、家の中で、手製の拳銃を、撃ったんだ」

と、十津川は、いった。

証拠の、手製の拳銃も、見つからないし、家の中で試射したという、証拠もない。

しかし、十津川たちは、ますます、本間英祐が、手製の拳銃を作ったという疑いを、濃くしていった。

彼は、二つ作っておいて、その片方で、試射を、したのかも知れないし、一丁だけ作っておいて、試射をした後、焼けた銃身だけを、取り替えたのかも知れない。

それは、わからないが、とにかく、本間は、二連銃を、作って持っているのだ。それは、間違いない。

「間違いなく、本間英祐は、手製の拳銃を、作って、小田切進と小城大助の二人を狙っていますね」

と、亀井が、いった。

第七章　実戦

1

本間は、ボストンバッグを提げて、車に乗り込んだ。行き先は、決めていない。

というのは、車で出かければ、必ず警察の尾行が、つくと思っていたからである。

行き先を決めずに走り、どこかで尾行をまいてしまえれば、それがいちばんいい、そう考えていた。

年が明けて、すでに一月半ば過ぎ、東京はすっかり寒くなってきている。

ボストンバッグの中には、完成した二丁の拳銃と、クマのぬいぐるみが入っていた。クマのぬいぐるみは、妻の夏子が、好きだったものだった。

首都高速から東名に入った。

朝早くなので、日曜日でも東名は、空《す》いている。ゆっくりと、車を走らせながら、本間は、時々、バックミラーに、目をやった。尾行されていないかどうか、知りたかったからである。

しかし、いくら見ても、どの車が尾行をしているのかは、わからなかった。相手もプロなのだ。簡単にわかるようには、尾行をしないだろう。

気になる車を、何台かチェックしておいてから、本間は、海老名《えびな》の、サービスエリアに入って行った。

車を降りて、喫茶店に入る。カウンターに腰を下して、コーヒーを飲みながら、外を見た。

(やっぱりだ)

と、本間は、思った。

チェックしておいた、何台かの車のうちの一台が、サービスエリアに、入って来て、停まっている。それなのに、中から、誰も降りてこようとはしない。そのまま、じっと動かないのだ。

黒の日産スカイラインだ。どうやら、あの車が、尾行してきたらしい。

それだけを、確認すると、本間は、自分の車に戻って、走り出した。

東名を、西に向かって走る。案の定、黒の日産スカイラインも、つかず離れず、走ってくる。

浜名湖《はまなこ》の近くまできたところで、本間は、東名から降りた。

大きな食堂を見つけて、その駐車場に、車を停める。ボストンバッグを提げて、その食堂に入って行った。

奥に腰を下して、右手のほうに、目をやりながら、とんかつ定食を注文したが、その食事には手をつけず、本間は、カウンターのところにいる、店の女将に、声をかけた。

「実は、サラ金に追われているんです。捕まったら、家屋敷を取られてしまう。それで、お願いなんですが、私を、勝手口から、逃がしてくれませんか？」

と、いいながら、本間は、一万円札を、女将の前に、置いた。

「とにかく、お願いします。悪い連中なんです」

と、本間は、いった。

「もし、その人たちが、入って来て、あなたがいなくなっていることを知ったら、どうなるんです？」

と、女将が、心配そうに、いう。

「大丈夫ですよ。連中は、あなたたちには、何もしませんから。そして、私のことをきいたら、いつの間にか、いなくなっていた、そういってください」

と、本間は、いい、さらに、もう一枚の一万円札を、女将の前に、置いた。

「それなら、勝手口から、出て行きなさい。勝手口を出ると、細い道が、ありますから、それを歩いていくと、県道に、出るんです。そこで、車を拾いなさい」

と、女将は、教えてくれた。

本間が、礼をいって、勝手口から出してもらうと、なるほど、女将のいっていたように、細い道が、続いている。

その先には県道があった。

タクシーを拾うことができて、それに乗り込む。

「この辺《あた》りに、静かな山は、ないかなあ。そこに行きたいんだが」

と、本間は、いった。

「それなら、M山でしょう」

と、運転手が、いう。

「じゃあ、そこへやってくれ」

と、本間が、いった。

走り出したタクシーの、後ろ窓から見ると、あの黒の日産スカイラインの姿は、なかった。どうやら、まくことに、成功したらしい。

道が上り坂になって、S字を描きながら、タクシーは山を上がって行った。

どのくらいの標高か、わからなかった。

しかし、あまり有名な山では、ないらしく、車の姿も、ハイカーの姿も、まったく、見えない。

「どこまで、行きますか？」

と、運転手が、きく。

本間は、周囲を見回していたが、周囲の杉林が深くなってくるのを見て、

「この辺でいい。停めてくれ」

と、いった。

「ここでいいんですか？　この辺には、何もありませんよ」

と、運転手が、いった。

「いいんだ」

と、いって、金を払って、車を降りながら、本間は、さらに五千円、余分に渡して、

「二時間経ったら、ここに、迎えに来てくれないか。そしたら、さっき乗った辺りにある食堂まで、運んでもらうから」

と、いった。

運転手は、二つ返事で承諾して、喜んで帰って行った。

そのあと、本間は、ボストンバッグを提げて、杉林の中に、入って行った。

最近は、杉が売れないと見えて、手入れもされておらず、杉林の中は、鬱蒼《うっそう》と薄暗い。地面のほうも、雑草が生い茂っていた。

そんな殺風景な場所のほうが、今の本間には、ありがたい。

さらに、奥まで入って行って、立ち止まる。何の物音も、きこえてこない。時折、かすかに、風の音が、きこえてくるだけだった。

本間は、気分を落ち着けるために、タバコを取り出して、火をつけた。

一服してから、ボストンバッグを開け、まず、クマのぬいぐるみを、取り出して、それを杉の木の一つにくくりつける。ちょうど、人間の目の高さにする。

そこから、二メートル離れて、今度は、自分が作った二丁の拳銃の一方を、手に取った。

拳銃が、最も威力を、発揮するのは、五メートルの距離だというらしいが、しかし、今、本間が手に取っている拳銃は、素人《しろうと》が作った手製の拳銃である。

第一、銃身に、溝も付いていない。これでは、五メートル離れてしまっては、絶対に、命中しないだろう。

そこで、二メートルの距離から、撃ってみることにしたのだ。

弾丸を詰める。それから、撃鉄を上げ、慎重に、二メートル先の、クマのぬいぐるみを狙う。

引き金を引く。ものすごい発射音とともに、弾丸が飛び出したが、命中しなかった。

本間は、舌打ちをした。

（二メートルから狙っても、外れるのか。これでは、動く相手を殺すことなど、とてもできやしない）

そう思って、ガッカリしたのだが、考えてみると、今撃つ時、反動を、計算していなかったのだ。

この間、ベトナムで、本物の銃を、何発も撃ったのにと思ったが、本物の銃と手製の銃とは反動が違うことが、よくわかった。

それで、二発目は、両手で持ち、慎重に狙って引き金を引いた。

今度は、命中した。

クマのぬいぐるみの、腹の部分が、砕けて、飛び散った。

本間は、どれだけのダメージを、クマのぬいぐるみに与えたのか、木の幹から外して、慎重に、調べてみた。

弾丸は、鉛の部分の先端を、平らに削っておいたので、ぬいぐるみの中に、止まって、ひしゃげていた。

これなら、実際の人間に、命中しても、弾丸は貫通しないで、相手の身体の中に、留《とど》まるだろう。それだけ、ダメージを、与えられることになる。

本間は、もう一方の拳銃を取り出した。これにも、ゆっくりと、二発の弾丸をこめる。同じように、二メートルの距離から狙って、クマのぬいぐるみを撃った。

二度、爆発音が響き渡る。

その瞬間、本間は、あわてて、周囲を見回したが、人の気配は、なかった。誰も、この荒れ果てた杉林には、入って来ないだろう。

弾丸は、二発とも命中していたが、その代わり、銃身が焼けてしまっている。次の弾丸は、詰めても、撃てるかどうかは、わからなかった。ヘタをすれば、銃身のほうが、破裂してしまうだろう。

そんな冒険は、止めることにした。これから家に帰って、銃身を、取り替えるほうが、よさそうである。

その時、ふいに、犬の声がきこえた。瞬間、本間は、立ちすくんだ。あわてて、身体を伏《ふ》せて、様子を、うかがった。

杉林の向こうに、細い道がある。そのほうに目をやったのだが、木が邪魔をして、なかなか、よく見えない。

犬の声が、近づいてくる。

本間は、じっと身を伏せていた。

犬を叱りつけるような、男の声が、きこえた。犬が急に吼《ほ》えたので、叱っているらしい。

犬が、本間に気づいて、林の中に入って来たらどうしよう、そう考えて、身を低くしていると、幸い、犬の吼え声は、逆に、遠ざかっていった。

どうやら、引き返していったらしい。

ほっとして、本間は、立ち上がった。

二丁の拳銃と弾丸を撃ち込んだクマのぬいぐるみを、ボストンバッグにしまうと、用心しながら、林の中を歩いて、山道に出た。

そこから、今度は、車の通れる道まで歩いた。道に出たところで、本間は、腰を下して、タバコをくわえた。

ひどく、疲れたような感じだった。たった四発しか、撃っていないのに、疲れてしまっているのだ。

やがて、車の音がきこえて、さっきのタクシーが、姿を現した。

乗り込んでから、

「ありがとう」

と、本間は、礼をいった。

運転手は、車を走らせながら、

「お客さん、あんなところで、何をしていたんですか？」

と、きいた。

「僕は、山菜が好きでね。キノコを、探していたんだよ」

と、本間は、でたらめを、いった。

運転手が、笑って、

「キノコ狩りだったら、あんな山は、ダメですよ。あの山には、キノコなんかないですよ。キノコが欲しいのなら、川向こうの山に、行かなくちゃ。これから行ってみますか？」

と、いった。

「いや、この次にしよう。その時には、案内してもらうよ」

と、本間は、いった。

さっきの食堂の前まで来る。そこで、本間は、タクシーを降りると、駐車場に停めてある、自分の車のところまで、歩いて行った。

例の車は、見当たらなかったが、きっと刑事の一人が、この駐車場を、見張っているに違いなかった。警察は、とにかくしつこいのだ。

駐車場を出て、本間が、車を走らせていると、いつの間にか、後ろに、例の日産スカイラインが見えてきた。

今、車を停められて、そばに置いてあるボストンバッグの中身を、調べられたら、困ると思ったが、日産スカイラインは、一定の間隔を置いて、尾行はするのだが、近づいてくる気配は、なかった。

おそらく、尾行は、命じられているが、こちらの車を停めて、調べることは、命じられていないのだろう。そういう、官僚的なやり方にも、今回だけは、本間は、感謝した。

家に着いた時は、暗くなっていた。

本間は、ボストンバッグを提げて、車から降りると、家に入り、カギをかけた。とたんに、力が、抜けていった。

翌日は、また、かっきりいつもと同じ時間に、家を出る。そして、八王子の駅に着くと、七時九分発の通勤特別快速に乗る。

このリズムを、崩してはならないのだ。あくまでも、実直な、サラリーマンでなければならないと、本間は、自分にいいきかせる。

とにかく、警察にも、あの二人にも、怪しまれては、ならないのだ。

座席に腰を下すと、いつものように、新聞を広げる。

そして、八時七分に、東京駅に着くと、そこからサラリーマンの列に加わって、東京駅の改札口を、出ていく。

まっすぐ、八重洲口にある会社に、入った。刑事が尾行しているかどうか、わからない。しかし、尾行は、必ずしているに違いなかった。そういう相手なのだ。

部屋に入ると、まず、課長に挨拶する。

課長が、ニッコリと笑う。

「今日も頑張ってくれたまえ」

と、課長が、いう。

「頑張ります。たくさんボーナスをいただきましたから、頑張ります」

と、本間が、いった。

部下の社員と一緒に、会社の車で中古物件を売りに、今日も、会社を出発した。都内を一日中走り回って、今日は、二件の中古物件が、売れた。

会社に帰った時は、すでに七時に近い。今日は、二時間の残業だ。

いつものように、東京駅から、中央線に乗って、家に向かう。寄り道はしない。

まっすぐ、家に帰ると、中に入り、カギをかける。夕食の支度をする。食事をしながら、テレビを見る。わざと、少し音を大きくする。それは、外にいるかも知れない刑事に、きかせるためだった。

十時になって、テレビを消し、部屋の明かりを消す。

それから、足音を忍ばせて、半地下の、工作室に入った。とにかく、あの杉林で撃った拳銃を、修理しなければならないのだ。

2

二丁の手製拳銃を取り出して、まず、銃身を、調べてみる。

案の定、二丁とも、焼けてしまっていた。次も、たぶん、撃てるだろうが、用心して、銃身を取り替えることにした。

つかれたように、その作業に没頭した。

なぜ、こんなことをしているのか？　いや、そういうことは、考えまい。考えたところで仕方がないのだ。もう、この仕事は、始まってしまっているのだからと、本間は、思う。

とにかく、ほかに、やることがないのだ、そう自分に、いいきかせた。

一時間ぐらいで、作業が終わり、修理した二丁の拳銃を隠し戸棚にしまってから、本間は部屋に戻り、ベッドに、横になった。

まだ少し、手が震えている。それが収まるのを待ってから、目を閉じた。

たぶん、一時間ぐらいは、眠れないだろう。このところ、いつもそうなのだ。そして、夜半を過ぎた頃、やっと眠ることができる。その、繰り返しだった。

翌日も朝食を済ませると、同じように、七時九分八王子発の、通勤特別快速に乗って、会社に、向かった。

会社では、一所懸命に仕事をする。今日も、残業一時間、そして、まっすぐ、家に帰る。

次の日も、同じだった。そうやって、同じことを、繰り返しながら、本間は、待っていた。

あの二人の男から、連絡が来るのを、待っているのだ。

あの二人から、大金をせびられた。二百万円払った。その金も、そろそろ、なくなってくる頃だろう。そうすれば必ず、あの二人から、電話がかかってくるはずだ。

彼等は、本間を、金の卵を産むニワトリだと思っているのだ。だから、必ず電話をかけてきて、脅かすだろう。

金曜日の夜に、その待っていた、電話がかかった。夜の十時頃だった。

本間が、受話器を取ると、

「俺だよ」

という男の声がした。

「小田切だよ」

と、相手が、いう。

「ああ、小田切さんですか」

と、本間は、わざと、神妙に答える。

「そろそろ、お前さんに、会いたいんだ」

と、小田切が、いった。

「僕のほうは、別に、会いたくありませんが」

と、本間が、いった。

電話の向こうで、小田切が、笑い、

「あんたは、そうだろうが、俺のほうは、会いたいんだよ。とにかく、あんたは、俺たちの仲間の、橋爪を殺したんだからな。そういう相手には、時々会いたくなるんだ」

と、いった。

「今度は、何ですか？　また、金ですか？」

と、本間が、きく。

「俺たちが、お前さんに、会いたいといえば、金に、決まっているじゃないか。いいか、あんたは、俺の友だちを、一人殺しているんだ。裁判にでもなれば、全てを失うんだぞ」

と、小田切が、いった。

「そんな大金なんて、僕には、ありませんよ」

と、本間が、いった。

「だから、先日も、二百万円で勘弁してやったじゃないか。その代わり、お前さんは、永久に、払い続けるんだ」

と、小田切が、脅かすように、いった。

「今は、手元に、百万円しかありませんけど、それでいいんなら、明日にでも、すぐに渡しますよ」

と、本間が、いった。

「そうか。明日は、土曜日だったな。あんたの勤めているような、大きな会社は、土曜日も休みなんだ。あんたは、その大会社の、エリートサラリーマンなんだ」

と、小田切は、からかうように、いった。

「ですから、今もいったように、百万円なら手元にあるから、すぐに、お渡ししますよ」

と、本間は、神妙に、いった。

「まあ、今回は、百万円でいいだろう」

と、小田切が、いう。

「どこで会いますか？　今、うちの周りには、刑事が、張り込んでいますからね。うかつには出られませんよ」

と、本間が、いった。

「どうして、刑事が、お前さんを張り込んでいるんだ？」

「警察は、僕が、橋爪さんを殺したと思っている。証拠がないから、逮捕はできませんが、疑っているから、僕をずっと、尾行しているんですよ」

と、本間は、いった。

「疑うも何も、お前さんが、殺したんだ。そうだろう？」

と、小田切が、いう。

「それは、いわないことにしてください」

と、本間が、いった。

「そうだな。明日の夜がいいな。浅川のN橋のたもとに、車を停めておく。俺の車は、中古のベンツだ。色は、白だ。時間は、午後の十一時がいいだろう。そこに、百万円を持って来い。もし、持って来なければ、どうなるかわかっているな？」

と、小田切は、いった。

「もう、家内には、手を出さないでください。それだけはお願いします」

と、本間が、いった。

「だから、いっているだろう。大人しく、俺たちのいうことをきいていれば、何もしないんだ」

と、小田切が、いった。

「それから、もう一つ、お願いがあるんです。僕は、一人で行くんだから、そちらも一人で待っていてください。僕は、臆病だから、あんたたちが、二人で一緒にいると、怖くて近づけないんですよ。だから、小城さんには、後で、僕の百万円の半分を、上げればいいでしょう。もし、あなたの車に、小城さんと二人でいたら、僕は、逃げ出しますよ」

と、本間は、いった。

「わかっているさ。俺が、一人でいるよ。臆病なヤツだな。とにかく、百万円持って来いよ」

と、小田切は、いった。

「わかっています。必ず、持って行きます。ですから、家内には、もう何もしないでください」

と、本間は、わざと、哀願するように、いった。

翌日の土曜日、夜十時過ぎに、本間は、ボストンバッグの中に、二丁の拳銃と、百万円を入れて、家を出た。

わざと、車庫の自動車は、エンジンをかけておいた。そうしておけば、刑事が張っているとしても、たぶん、車のほうを、張っているだろう、そう思ったのだ。

本間は、裏口から、家を出た。路地から路地を歩きながら、浅川まで、近づいて行く。

浅川の川岸に着いた。昨日、大雨が降ったので、浅川の水量が増して、音を立てて流れている。

川岸を、N橋に向かって、歩いて行く。

十一時に近い時間のせいか、それとも、今日が寒いせいか、人通りは、ほとんどない。

橋のたもとに、車が停まっているのが、見えた。その手前で、本間は、二丁の拳銃を、ボストンバッグから取り出して、ズボンのポケットに入れた。

車に近づいて行くと、急に、車内灯がついて、運転席のドアが開き、小田切進が、車から降りてきた。

「約束通り、来たな。百万円は、持って来たんだろうな?」

と、小田切は、いった。

「持って来ましたよ。怖いですからね」

と、本間が、いった。

「とにかく、後ろの座席に、乗れ」

と、小田切が、いった。

本間は、ドアを開けて、後ろの座席に、腰を下した。

小田切は、運転席に入って、本間をふり返って、

「百万円は、どこだ？」

と、いった。

「このボストンバッグに、入っていますよ」

と、いって、本間が、ボストンバッグを、開けようとすると、突然、小田切がそれをひったくった。

「何をするんですか？」

と、本間が、いうと、

「怪しいじゃないか。百万円なら、ポケットにだって、入るだろう？　それを、何で、こんな大きなボストンバッグに、入れてくるんだ？　何を、企《たくら》んでいるんだ？」

と、小田切が、いった。

「何も、企んでなんかいませんよ。ただ、警察に見つかると困るんで、わざと、ボストンバッグに、入れてきたんです。怪しいと思うなら、中を、見てください」

と、本間は、いった。

小田切は、ボストンバッグを抱えるようにして、チャックを開け、中から、百万円の入った封筒を取り出した。空になったボストンバッグを、こちらに投げてよこす。

「疑って悪かったな。とにかく、この百万円は、いただいておく。百万円だと、せいぜい三日ぐらいしか、もたないから、また、金を用意しておいてくれ」

と、小田切は、いった。

本間は、黙って、ポケットから、拳銃を取り出した。

「もう用はない。早く帰れ」

と、小田切は、いったが、その途端に、顔色が変わった。

自分に、拳銃が、向けられていたからである。

しかし、次の瞬間には、

「そんなオモチャで、俺をどうしようというんだ？」

と、いった。

「あんたを殺す」

と、本間が、いった。

「そんなオモチャで、俺が殺せると、思っているのか？」

「これは、オモチャじゃない。自分で作った拳銃だ」

と、いいながら、本間は、引き金に、指をかけた。

「殺せるものなら、殺してみろ！」

と、小田切が、叫んだ。

本間は、引き金を引いた。

カチッという音がした。が、弾丸は、飛び出さない。不発なのだ。

狼狽《ろうばい》する本間に向かって、小田切が、ニヤッと、笑った。

「この野郎！」

と、叫ぶと、小田切は、スパナを取り出して、振りかざした。

本間は、ドアを蹴破るようにして、車の外に転がり出た。

小田切も、運転席のドアを開けて、飛び出してくる。

本間は、必死になって、逃げながら、拳銃をまた、小田切に向けて構えた。

一瞬、小田切の足が、止まる。

本間は、目をつぶるようにして、引き金を引いた。

今度は、激しい銃声がして、反動が手に伝わってくる。

小田切が悲鳴を上げた。しかし、小田切は、倒れない。

弾丸は、小田切の身体に、当たったのだが、かすっただけらしい。

本間は、小田切に向かって、拳銃を投げた。それが、小田切の顔に、命中する。

小田切が、ひるむ。その隙に、本間は、また逃げた。

「この野郎！　殺してやる！」

という小田切の怒声が、きこえる。

本間は、二丁目の拳銃を、取り出して、それを構えた。

淡い街灯が、二人を、照らし出していた。その光の中で、小田切は、鬼のような形相《ぎようそう》になり、

「殺してやる！　殺してやる！」

と、叫びながら、スパナを、振り回した。

本間は、恐怖に、身体を震わせた。しかし、震えながらも、拳銃を、小田切に向けて構える。

小田切の目には、もう、そんな拳銃は映っていないのかも知れない。とにかく、スパナ

を振りかざして、こちらに向かって、突進してきた。

本間は、一瞬目を閉じて、引き金を引いた。

発射音。それから、反動、そして、小田切の悲鳴。

目を開ける。今度は、小田切は、地面に転がっていた。しかし、まだ死んではいなかった。

本間は、ゆっくりと、銃口を、小田切の顔に近づけていった。

その途端に、突然、小田切が、両腕を伸ばして、つかみかかってきた。

本間は、悲鳴を上げた。悲鳴を上げながら、二発目の引き金を引く。

また、銃声が響く。そして、反動と小田切の悲鳴。

目を開けると、今度は、小田切は、地面に横たわって、手足を、痙攣《けいれん》させていた。

本間は、駆け出した。小田切の乗って来た車のところまで走り、そこで、投げた拳銃と、ボストンバッグと、百万円の入った封筒を、拾うと、また、本間は、駆け出した。

誰かが、今の銃声を、きいているに違いない。きいていれば、すぐに一一〇番するだろう。警察が来るまでに、家に、帰らなければならない。

本間は、夢中で走った。走って家に着くと、裏口から、中に入った。

車庫では、エンジンを、かけっ放しにしておいた車が、アイドリング状態を、続けている。

しかし、そのエンジンを、止めに行く気にもなれず、本間は、まず、ボストンバッグを隠すと、風呂場に行って、顔を洗った。

心臓が激しく、波打っている。冷蔵庫から氷を取り出し、牛乳を注いで、それを飲んだ。

少しすると、やっと、心臓の鼓動が、緩《ゆる》くなってきた。

その時、突然、玄関のベルが鳴った。本間は、飛び上がった。

(とにかく、落ち着け、落ち着け)

と、自分にいいきかせてから、深呼吸をした。それから、わざと、ゆっくりと玄関まで歩いて行って、玄関を開ける。

見覚えのある顔が、そこにあった。十津川警部だった。

3

「何のご用でしょうか?」

本間がわざと、つっけんどんに、いうと、十津川は、笑って、

「ここまで、通りかかったら、お宅の車のエンジンが、かかったままになっているじゃあ

りませんか。何があったのかと思って、心配になりましてね。いや、何もなければ、いいんですよ。とにかく、車のエンジンを、切ったほうがいいですよ」

と、いって、あっさりと帰ってしまった。

十津川警部は、たぶん、本間が家にいるかどうかを、調べに来たのだ。

本間は、車庫に行き、車のエンジンを止めた。それから、部屋に入って、ベッドに横になる。

（刑事は、前にも来たのかも知れないな）

と、思った。

たぶん、車のエンジンが、かかっているのに、本間が、なかなか現れないので、家の様子を見に来たのに違いない。

そして、本間がいないことに、気づいたのだ。だから、さっき、十津川が来たのは、二度目か三度目だろう。

とすると、本間が家を出て、どこかに、行ったことは、知っているに違いなかった。

（これで朝になれば、いや、朝にならないうちに、恐らく、浅川のN橋のたもとで、小田切進が、死んでいるのを、警察が発見するだろう。そうなれば、きっと、自分と、結びつけて考えるに違いない。それは、覚悟しなければならないだろう）

と、本間は、思った。

警察にきかれても、突っぱねればいいと思った。本間がやったという証拠はないのだ。

それに、今夜は用心して、薄い手袋をはめて行った。だから、あの中古のベンツにも、
本間の指紋は、付いていない筈である。

それに、二丁の拳銃も、百万円の入っていた封筒も、ボストンバッグも、持ち帰った。

遺留品は、何もない筈である。

それならば、知らない、知らないで、通してしまえばいい、本間は、そう自分に、いいきかせた。

翌日は、日曜日である。

庭に出て、例によって蒸気機関車を動かしていると、十津川が、顔を出した。

「おはようございます」

十津川は、妙に馴《な》れ馴《な》れしい声で、挨拶する。

「ええ」

とだけ、本間は、いった。

十津川は、庭に入って来ると、本間のそばに、腰を下して、

「事件は、知っていますね？」

と、いきなり、いった。

「事件って、何ですか？」

と、本間は、わざと、すっとぼけて、きく。

「この近くの、N橋のたもとで、小田切進という男が、殺されたんですよ」

と、十津川が、いった。

「僕には、何の関係もありませんよ」

と、本間は、いい、蒸気機関車を動かし続けた。

「関係ありませんかねえ。おかしいな」

「何が、おかしいんですか？」

と、本間が、きく。

「殺された小田切進なんですが、彼の持っている携帯電話を、調べたら、あなたの携帯の番号が、登録されているんですよ。だから、あの男は、あなたを知っているんだ。そういうことに、なりますよ」

「しかし、僕のほうは、小田切進なんて男は、知りませんよ」

と、本間は、突っぱねた。

「そうですか。本当に知りませんか？」

「知りませんよ」

「小田切進ですが、銃で、撃たれています。弾丸は二発、胸と顔に、命中しています。それと、腕をかすっている。計三発です」

「それが、どうかしたんですか？」

「その弾丸を調べたんですが、面白いことに、線条痕《せんじようこん》が、ないんですよ」

と、十津川が、じっと、本間を見つめた。

本間は、その目を見返して、

「線条痕って、何ですか？」

と、きいた。

「拳銃を発射すると、銃身の内側に刻んである腔線《こうせん》の痕が、発射された、弾丸に付くんですよ。それを線条痕といいましてね。これがあるために、命中率がいいんです。ですから、今は、どの拳銃でも、この溝が付いています。ところが、小田切進を殺した弾丸には、この線条痕がないんですよ」

と、十津川が、いった。

「だから、どうだというんですか？　僕には、関係ないですよ」

と、本間は、いった。

「ですからね、われわれは、こう考えました。小田切進を撃った拳銃は、普通の拳銃ではない。つまり、手製の拳銃ですよ。手製の場合、銃口の内側に溝を彫るのは難しいから、犯人は、拳銃を作ったが、溝は、彫らなかったんですよ。たぶん、彫れなかったんでしょう。そんな拳銃で、昨夜遅く、浅川のほとりで、小田切進を、撃って殺したんです。しかし、犯人は、一発目を外してしまっている。それから、どうも犯人は、逃げたらしいんですね。逃げながら、二発目、三発目を撃っている。これがプロならば、そんな、あたふたと、逃げたりはしませんし、それよりも、一発目を外すなんてことはない。とにかく、私が見たところ、犯人は、二、三メートルの、至近距離から撃っていますからね」

と、十津川は、いった。

「刑事さんが、何をいおうとしているのか、わかりませんね。僕は、拳銃なんて、持っていないし、小田切進という人も、まったく知らないんだ」

と、本間が、いった。

「しかし、銃を撃ったことは、あるでしょう？　先日、あなたは、ベトナムに行って、何十発も銃を撃っている」

と、十津川は、いった。

「あれは、会社の勤めで、疲れたものだから、気晴らしに、撃ってみたんですよ。それだけです。けれども、人を撃つような気は、まったくありません」

と、本間は、いった。

十津川警部は、急に、ニヤッと笑って、

「実は、もう一人いるんですがね」

と、いった。

「何のことですか？」

「昨日殺された、小田切進の友人が、もう一人いるんです。小城大助、年齢三十歳、身長百七十五センチ、体重七十キロ、ご存知ですね？」

と、十津川が、いった。

「知りませんよ。誰ですか、それは？」

と、本間が、きいた。

「だから、今いったじゃありませんか？　殺された小田切進の友人というか、仲間ですよ。小田切と同じように、今は、フリーターをやっていますが、要するに、遊んでいる男ですね。小田切と違って、若い時に、ボクシングをやっていましたからね。身も軽いし、ケンカも強い。そのことは、覚えておいたほうが、いいですよ」

と、十津川が、いった。

「何のために、そんなことを、覚えておかなきゃいけないんですか？　第一、今、刑事さんがいった人は、知りませんよ」

と、本間が、いった。

「まあ、いいから。とにかく、名前は、小城大助、身長百七十五センチ、体重七十キロ、ボクシングの経験あり。覚えておいたほうが、いいな」

と、十津川は、いい、急に、大きく伸びをすると、

「本間さんは、また、明日から会社ですね。頑張ってください」

と、いって、急に、庭を出て行った。

一瞬、ポカンとして、本間は、十津川を見送っていた。もっとしつこく、ネチネチと、質問攻めに、あうのではないか、そう覚悟していたからである。

(たぶん、証拠がないのだ)

と、本間は、自分にいいきかせた。

十津川警部は、小田切進が、殺されたと知って、すぐに、犯人は、本間だと思ったに違いない。だからこそ、やって来て、いろいろと、きいていったのだろう。

しかし、証拠がないのだ。

手袋をはめていたから、あのベンツには、本間の指紋は付いていないし、二丁の拳銃も、

ボストンバッグも、百万円の入った封筒も、持ち帰ったのである。

あと、あそこには、何を残してきてしまっただろうか？　足跡か？

しかし、あの辺りは、地面が固いから、足跡は、残らないだろう。

それに、車で行ったわけでもない。

唯一、警察が疑ったとすれば、小田切の携帯電話に、本間の携帯の番号が、登録されていたこと、それぐらいしかない筈だ。

だから、それだけを、あの十津川という警部は、いったのだ。

（そんなことぐらいで、犯人扱いはできないだろう）

と、本間は、思った。

本間は、そのまま、蒸気機関車をいじり続けていた。急に家に入っては、怪しまれるだろう、そう思ったからだ。

その代わり、本間は、ポケットに入れておいた、小さなラジオのスイッチを、入れてみた。

音楽が流れ、それから、ニュースになった。昨日の殺人事件を、アナウンサーが伝えている。

〈昨夜遅く、浅川のN橋近くを、通りかかったタクシーの運転手が、道路上で、横たわっている死体を、発見して、警察に届けました。

警察が調べたところ、その死体は、八王子市内に住む、小田切進さん三十歳と、わかりました。小田切さんは、胸と顔に、銃弾が命中し、それから、腕にも弾丸が、かすった跡が、ありました。

警察は、殺人事件と断定し、捜査を開始しています。

小田切さんは、仲間と二、三人で、八王子市内で、飲んだり、新宿の歌舞伎町《かぶきちょう》で、遊んだりしていたということが、わかっています。酒好きで、ケンカっぱやいところもあるので、警察は、そうした、若者同士のケンカの末に、撃たれたのだと、考えているようです。

なお、小田切さんの体内から、摘出された弾丸には、線条痕がないので、警察は、手製の拳銃で、撃たれたものと、考えているようです〉

そのアナウンスは、さっき、十津川が来て、いっていたことと、ほとんど同じだった。

どうやら、容疑者は、まだ浮かんでいないらしい。そのことに、本間は、少しばかりほっとした。

ラジオを切ると、タバコに火をつけた。

少しずつ、落ち着いてくると、三人目の男のことが、気になった。その男の名前は、小城大助である。

警察も、そのことを、知っているから、十津川警部は、三人目の男がいる、その名前は小城大助だといって、本間の反応を見ていた。

本間は、今、小城大助が、どこにいるのか知らない。しかし、彼の住所を、調べようという気も起きなかった。

黙って待っていれば、向こうから、何かをいってくるに、決まっていた。

小田切進が死んだ今は、なおさら、三人目の小城大助は、向こうから、本間のところにやって来るだろう。こちらは、ただ待っていればいいのだ。

しかし、ただ、待っているわけにも、いかなかった。

(例の二丁の拳銃は、なるべく早く、修理して、弾丸を、こめておかなければならない)

と、思った。

暗くなるのを待って、本間は、また、工作室に入り、二丁の拳銃の、修理に取りかかった。どうして、一発目の弾丸が、発射されなかったのか？

銃身が、まずかったのか、それとも、引き金が、悪かったのか、まず、それを調べた。

引き金にも、撃鉄にも、異常がなかった。とすれぼ、銃身が、いけなかったのだ。

二丁の拳銃の四本の銃身を、取り替える。

修理を終えると、午前一時を回っていた。

二丁の拳銃を工作室の隠し戸棚にしまってから、本間は、部屋に入って、ベッドに横になった。いつもと同じように、一時間くらいは眠れない。午前二時過ぎになって、やっと、眠りについた。

それが、一時間もしないうちに、突然、目を覚まされた。

階段を上がって来る、足音がする。

本間は、あわてて、ベッドから、起き上がった。途端に、ものすごい勢いで、二階の部屋のドアが蹴破られた。

暗い常夜灯の中で、男が、長い鉄の棒を持って、突っ立っている。

顔はわからないが、小城大助に、決まっていた。

小城は、低い押し殺した声で、

「殺してやる」

と、つぶやき、いきなり、鉄の棒を、振り回した。

本間は、必死になって、窓に向かって逃げた。窓を開けて、ベランダに、飛び出す。それを、小城が、追いかけて来る。

彼の持った鉄棒が、本間の左肩を、打った。

ものすごい衝撃が、走る。悲鳴を上げながら、本間は、庭に飛び降りた。

「逃げるな！」

と、叫びながら、小城大助が、ベランダから飛び降りようとする。

その時、突然、庭が明るくなった。飛び降りて、転がっている本間の身体を、いくつもの懐中電灯の光が、照らし出した。

ベランダから、飛び降りようとしていた、小城大助が、あわてて、身体を引っ込ませた。

本間は、眩《まぶ》しさに目をしばたいて、手で光を遮《さえぎ》る。

「大丈夫ですか？　本間さん」

という男の声が、きこえた。

十津川警部の声だった。

本間は、ハッとしながら、のろのろと、立ち上がった。

「眩しいから、消してください！」

と、本間は、叫んだ。

懐中電灯は、消えなかったが、光は、宙に向けられた。

その光の向こうから、男が一人、近づいて来た。

4

「どうしたんです？　危ないじゃありませんか？」

と、十津川が、いった。

「月を見たくなったので、ベランダに、出ていたら、落ちたんですよ」

と、本間は、でたらめを、いった。

「この寒いのに、月ですか？」

と、十津川は、からかうように、いって、懐中電灯を、ベランダに向けた。

本間も、自然と、そのほうに、目をやったが、もちろん、小城大助の姿は、もうどこにも、なかった。

「ケガでもしたんじゃないですか？　病院に行くのなら、送りますよ」

と、十津川は、いった。

「いや、結構です」

「とにかく、こんな夜に、月を見ようとするなんて、危ないじゃないですか？　もう止《や》めなさい」

と、十津川が、いった。

「止めなさい」という言葉には、おそらく、危ないことをするのは、もう止めろという意味が含まれているのだろう。

本間は、肩を押さえながら、

「もう帰ってくれませんか？　大丈夫なんだから」

と、いって、家の中に入って行った。

入りながら、部屋を調べたが、小城大助は、もう、逃げてしまっていた。

急に、左肩の痛みが、ぶり返してきた。打撲に効く薬があったのを、思い出して、それを取り出して、肩に塗ってみた。それでも、痛い。

苦痛に顔を歪《ゆが》めながら、本間は、もう一度、ベッドに、横になった。

しかし、痛さと、さっきのショックで、眠れるものでは、なかった。

眠れないままに、考える。

(刑事たちは、ずっと、この家を見張っていたに違いない。見張っているところに、自分が、ベランダから、飛び降りたのだ。なぜ、飛び降りたのか、あの十津川警部には、わかっているのだろうか？　いや、抜け目のない警部だから、わかっていたに違いない。それどころか、この家に、小城大助が、忍び込むのも見ていたかも知れない)

と、本間は、思った。

もし、そうだとしたら、警察は、どうする気だったのだろうか？

小城大助が、本間を襲うのを、黙って見ているつもりだったのだろうか？

それとも、何かあったら、飛び込んで来たのだろうか？

翌朝、迷った末に、本間は、一丁の拳銃をケースに入れ、それを、持って、出社することにした。

朝の電車の中では、まさか、小城大助も、本間を襲わないだろう。しかし、問題は、帰りだった。

会社で、二時間残業をすると、東京駅を出発するのは、午後七時に、なってしまう。八王子に着く頃には、周囲は、もう、暗くなっている。

そこで、小城に襲われたら、身を守るのは、手製の銃しか、ないのだ。

腕力では、到底、小城には、かなわない。何しろ、小城は、若い頃、ボクシングをやっていたというし、力だって、本間よりはるかに、あるだろう。

そう考えて、一丁の拳銃だけを持って行くことに、したのだ。

睡眠不足の上に、左肩は、依然として痛かったが、それでも、いつものように、八王子発七時九分の、通勤特別快速に乗って、会社に向かった。

痛みが、引かないので、昼休みに、会社の近くの病院で、手当てをしてもらった。

それでも、いつものように、中古物件を、売って歩き、一時間残業をして、帰宅の途に、ついた。

八王子に着いた時は、暗くなっている。妻の夏子が、健康な時は、駅まで迎えに来てもらっていたのだが、その夏子は、福島に帰ってしまっている。

駅前で並んで、タクシーを拾って、家まで帰った。

家に着くと、ほっとして、拳銃の入ったケースを、放り出した。今夜は、ベッドのそばに、手製の拳銃を置いて、眠ることにした。

小城大助は、現れなかった。が、電話がかかってきた。

夜中の、午前一時過ぎである。

「お前は、警察に守ってもらっているのか?」

と、小城が、いきなり、いった。

「それは、違いますよ。警察がいるのは、知らなかった。刑事たちは、僕を、見張っているんです。その理由は、あなたも知っている筈ですよ。僕が、橋爪さんや小田切さんを殺したと、警察は、疑っている。だから、証拠を集めようとして、年がら年中、僕を、見張っているんです」

と、本間は、いった。

「じゃあ、やっぱり、お前が、橋爪と小田切を殺したのか？」

と、小城が、いう。

「そんなことは、知りませんよ」

と、本間は、いった。

「この野郎、知らねえとは、いわさないぞ！」

と、小城大助が、声を震わせた。

「とにかく、僕は、あなたとは、ケンカをしたくない。殺されるのは、いやですからね。だから何とか、金で勘弁してくれませんか？　といっても、大金は用意できないから、何とか百万単位ならば、作って、あなたに、渡すことができます。どうか、それで、勘弁してくれませんか？」

と、本間は、わざと、下手に出た。

「金を払う気があるのか？」

と、小城が、きいた。

（やはり、この男も、金が欲しいのだ）

本間は、そう思いながら、

「僕は、ケンカが嫌いなんですよ。お金で済むのなら、是非ともそうしたいんです。いくら欲しいのか、いってくれませんか。今もいったように、大金は出せないが、百万円単位なら、何とか作れますから」

と、いった。

「そうだな。さし当たって、五百万円用意して貰おうか？」

と、小城が、いった。

そのことで、本間は、少しばかりほっとした。とにかく、この男も、小田切と同じように、金が欲しいのだ。

「五百万といっても、大金ですよ。何といっても、僕は、安サラリーマンですから。だから、五百万円を作るのに、どうしても二、三日はかかります」

と、本間は、いった。

「じゃあ、三日待ってやる。その間に、五百万作れ。次の金曜日に、電話するからな」

と、小城大助は、いって、電話を切ってしまった。

本間は、安心した。

小城大助が、金が欲しいと、思っている限り、むやみに、本間を殺そうとは、しないだろう。

それに、小城は、いきなり、本間の家に攻め込んで来て、家の周りで、刑事が見張っていることを知った。だから、あんなマネは、二度としないだろう。そう思った。

小田切の時の百万円は、そのまま、使わずに、残っている。あと四百万円だが、その四百万円は、すぐには、できそうもないが、あと百万円ぐらいは、何とかなるだろう。二百万円あれば、何とか、ごまかせるかも知れない。

とにかく、小城大助を殺してしまえば、あとはもう、誰もいないのだ。そのあとは、もう、金を、用立てる必要は、なくなってくる。

しかし、三人目の小城大助を、うまく殺せるかどうか、自信が、なかった。

最初の橋爪は、本間のほうが、危うく殺されそうになって、奇跡的に、相手を殺してしまったのである。

二人目の小田切進は、向こうが、油断をしていた。しかし、三人目の小城大助は、小田切のように、油断はしていないだろう。そこが、問題だった。

向こうだって、金は欲しいし、それに、仲間の仇だって、討ちたいだろう。

だから、本間から、金を受け取ったら、本間を殺すかも知れない。いや、必ず殺すだろう。本間は、そう思っている。

一応は安心しているものの、一丁の手製拳銃は、会社への行き帰りに、今まで通り、ケースの中に、忍ばせていくことにした。小城大助が、本当は、どう考えているのか、わからなかったからである。

小城は、金が欲しいだろうと、本間は、判断したのだが、彼の気が変わって、突然、金よりも、本間を殺そうと、考えるかも知れなかったからである。

だから、三日目に、小城大助から、連絡があるまで、手製の拳銃は、手放せなくなった。

二日後の、水曜日だった。

その日は、残業が長引いて、本間が、八王子駅に着いたのは、夜の十二時に、近かった。駅前のタクシー乗り場には、長い列ができてしまっていて、なかなか、順番が来ない。

本間は、あきらめて、家まで歩くことにした。歩いて、一時間はかかる距離である。

なるべく、明るい大通りを、選んで歩くことにしたのだが、本間が家に帰るには、暗い道路も、歩かなければならない。

その暗い道路に入る時には、本間は、ケースから、拳銃を取り出して、ポケットに入れた。万が一に、備えてのことだった。

明るい大通りでは、本間と同じように、歩いて、家路を急ぐ、サラリーマン風の男女が何人かいたのだが、暗い道路に入ってしまうと、周りには、誰も、いなくなった。

小さな公園が、見えてきた。その公園を横切れば、自宅までは、近道になる。

(どうしようか?)

と、一瞬、迷ってから、覚悟を決めて、公園に入って行った。

少し歩いた時、突然、前方の暗がりから、女の悲鳴が、きこえてきた。

暗がりを、透《す》かすようにして見ると、池の向こう側で、人影が、もつれている。どうやら、一人は若い女で、あとの二人は、男だった。

また、女の悲鳴が、きこえた。二人の男が、女の口を、ふさぐようにして、その場に押し倒している。

一瞬、本間は、その場から、逃げようとした。

しかし、その足が、止まってしまった。あの、九月五日の夜のことが、脳裏をかすめたのだ。

あの夜、本間は、友人の中村健治が、三人の男に、連れ去られるのを知りながら、逃げてしまった。その挙げ句が、どうだろう?

中村は殺された。本間の妻の夏子も、危うく、殺されかけた。お腹の子は、死んだ。

挙げ句の果てに、本間は、二人の男を殺すことになってしまった。

もし、九月五日の夜、自分が逃げていなかったら、あるいは、一一〇番していたら、こんなことには、なっていなかっただろう。

中村健治の恋人も、殺されなくて済んだだろうし、本間だって、二人の男を殺さずに済んだのだ。

そう考えた途端に、本間は、逃げるのを、止めてしまった。

本間は、決心すると、大またで、近づいていって、

「止めろ！」

と、大声で、叫んだ。声が少し震えた。

女をねじ伏せていた二人の男が、立ち上がって、本間のほうを見た。

「何だ、この野郎！」

と、一人が、いい、もう一人が、

「お前には、関係ねえ。さっさと行け！」

と、いった。

「その娘さんを放せ！」

と、本間が、怒鳴った。

「いやだといったら、どうするつもりだ？　え？」

と、いって、男の一人が、笑った。

もう一人が、ナイフを、取り出した。

本間は、ポケットから、手製の拳銃を、取り出した。

それを見て、二人の男が、一瞬、顔色を変えた。

が、男の一人が、笑って、

「何だ、オモチャじゃねえか」

と、いい、もう一人が、

「撃つなら、撃ってみろ！」

と、いって、手に持ったナイフを、ヒラヒラさせた。

「撃ってもいいのか？」

と、本間が、いった。

「いいから、撃ってみなよ」

と、からかうように、ナイフを持った男が、いった。

本間は、その男に、向かって、引き金を引いた。激しい発射音とともに、男が、悲鳴を上げた。

殺すつもりは、なかったから、弾丸は、男の腰の辺りを、かすったようだった。それでも、男は、悲鳴を上げて、持っていたナイフを、本間に向かって投げつけた。

しかし、よろけながら投げたので、ナイフは、すぐ地面に、落ちてしまった。

「あんたも、撃ってやろうか？」

と、本間が、いうと、もう一人の男が、いきなり逃げ出した。ナイフを投げた男も、それにつられて、一目散に逃げて行く。

本間は、ほっとして、拳銃をポケットにしまった。

本間は、倒れている女に、声をかけようとして、止めてしまった。警官が来て、あわてるのは、イヤだったからだ。本間は逃げ出した。

しかし、女のほうは、立ち上がると、あわてて、

「あのーすいません、すいません！」

と、叫びながら、追いかけてくる。

本間は、捕まってはいけないと思って、一目散に逃げた。

何とか、逃げ切って、本間は、家に帰り着いた。

リビングのソファに腰を下し、タバコに火をつけた。

ふいに、本間は、ニヤッと笑った。その笑いが顔全体に、広がっていく。

本間の胸の中で、何かが、はじけていた。さっきの男二人の、あわてふためく逃げっぷりを思い出すと、どうしても、笑ってしまう。

（俺には、力があるのだ）

だから、彼等は、逃げ出したのだ。
失っていた自信が、わきあがってくる。
(俺には、力があるのだ)
と、本間は、自分に、いいきかせた。

第八章　死に行く道

1

本間は、妻の実家に、電話をかけた。

電話に出た義父に、

「夏子は、どうしていますか？」

と、きいた。

「少しずつよくなっているから、安心しなさい」

と、義父は、いってくれた。

「早くよくなってもらって、迎えに行きたいのですが、今、一つだけ、お父さんに、お願いがあるんですよ」

と、本間は、いった。

「どんなことですか？　私にできることなら、何でも、してあげたいが」

と、夏子の父親は、いう。

「確か、そちらでは、旅館仲間が、集まって、正月や夏には、花火大会をやるときいたのですが？」

と、本間は、きいた。

「確かに、客を集めるために、いろいろな催しを、していますよ。正月と夏に、花火大会をやりますが、これがなかなか、評判いいんですよ」

と、父親は、いった。

「実は、僕も同僚たちと会社で、花火大会をやりたいと、思っているんです。しかし、肝心の花火がなかなか、集まらないんですよ。それで、お父さんに、お願いなんですが、大きめの花火を、たくさん集めて、こちらに、送っていただけませんか？　今もいったように、僕の会社で、花火大会があるので、社長にも頼まれているんです。市販の小さな花火よりも、少し大きめの花火で、盛大にやりたいというんです。それで、何とか、手配していただけませんか？」

と、本間は、いった。

それから三日して、夏子の実家から、冷凍ボックスが二つ届いた。

中を開けてみると、本間が希望した通りの、市販されているものよりも、少し大きめの花火が、ぎっしりと、詰まっていた。

本間は、夜になると、畳の上に広げた新聞紙の上に、その花火を並べ、一つ一つほぐして、中の火薬を、取り出した。

かなりの量の火薬が、集まった。まず、小さく丸めて丸薬《がんやく》にし、それを、アルミ製の、薄い弁当箱の中に、詰め込んだ。

そして、火薬の中に、殺傷力を高めるために、釘を何本も入れた。

それから、そのアルミの弁当箱に、工夫をして、発火装置を、つけることにした。その後、弁当箱の蓋《ふた》が、取れないように、きっちりと締めつけた。

そこに電気が通じれば、火花が散って、火薬を詰め込んだ、アルミの弁当箱は、爆発するはずだった。

もう一つ、本間は、会社から、電話をして、私立探偵に頼んでいたことが、あった。

その調査報告書が、夜、会社から帰ると、家の郵便ポストに、入っていた。

それは、三人目の男、小城大助の、調査報告書だった。

その報告書を、夜中に、本間は、何回も、読み直した。

「小城大助、三十歳について、次の通り、報告させていただきます。

小城は、生まれは福井県ですが、高校を卒業すると同時に、上京。水商売で働いていましたが、五年前から、八王子に、住むようになりました。

八王子では、同じ三十歳の仲間、橋爪恭介、小田切進の二人と、いつもつるんで、一緒に食事をしたり、旅行をしたり、時には、女をレイプしたりしています。

この三人の中では、小城は、いちばん頭がよく、インテリやくざといっても、いいと思われます。

普段は、大人しい男ですが、キレると、突然凶暴になることがあり、二人の仲間、橋爪も小田切も、小城を、怖がっていたようです。

小城は、二回結婚していますが、いずれも、暴力沙汰を起こして、離婚しています。

最近、仲間の橋爪と小田切が、続いて死亡したので、小城は、いよいよ、凶暴になり、同時に、用心深くもなっています。

最近は、白石《しらいし》という二十二歳の典型的なチンピラと、一緒にいることが多く、どうやら、この白石が、小城の弟分になっているようです。

また、小城は、暴力団から、十万円で、トカレフを、手に入れたというウワサがありますが、これは、定かでは、ありません。

しかし、八王子の飲み屋Sの、女将がいっていましたが、小城が、ある時、飲みに来て、いきなり、懐《ふところ》から拳銃を取り出して、見せびらかしたそうですから、トカレフを、持っているのは、本当かも知れません。

また、恐喝で二回、警察に捕まったことがあり、今も、恐喝を白石というチンピラと一緒にやることは、十分に考えられます。

小城は、現在、八王子市内の、飲み屋の女性二人と、つき合っているようですが、結婚する意思は、ないようです。

この女性二人とは、どうやら、貢《みつ》がせるために、つき合っていたようですが、女性の方も用心して、最近は、小城には、近づかないようにしているといわれています。そのため、小城は、いつも以上に、金を欲しがっているということもきいています。

以上、ご報告いたします。


S探偵社」

それを読み終わると、本間は、

「トカレフとチンピラか」

と、つぶやいた。

昔の本間なら、これだけで、ビビってしまったろうが、今は、違っていた。

不思議に、怖くないのだ。なぜか、自分が落ち着いているのを感じて、嬉しかった。

事態を冷静に、考えられるようになったのだ。

これまでに、二人の男を殺したためか、あるいは、先日、一人の女性を、助けたためか、わからなかった。恐らく、その両方が、本間を、図太くさせているのだろう。

小城大助から、再び電話がかかった。

「俺だ。お前には、くどいことは、いわない。早く仲間への慰謝料として、五百万円持って来い」

と、小城は、いった。

「本当に五百万円で、いいんですね？」

と、本間は、念を押した。

「それだけで、勘弁してやる」

「ただ、すぐには、できません。もう二週間ほど、待って貰《もら》えませんか？」

と、本間は、いった。

「もう二週間待てば、間違いなく、五百万円できるんだな？」

「必ず作ります。ですから、あと二週間待って、もう一度、電話をください」

と、本間は、いった。

「よし。二週間待ってやるから、必ず、五百万作れよ。それから、おかしなマネはするな」

と、小城は、脅かすように、いった。

「おかしなマネって、何ですか？」

と、本間は、きいた。

「警察にいうとか、逃げ出すとか、そういうことだ。そんなことをしたら、ただじゃおかないぞ。殺してやる！」

と、小城は、いった。

「わかりました。必ず五百万作ります。二週間したら、また電話をください」

と、本間は丁寧に、いった。

2

翌日から、本間は、会社から帰ると、工作室に閉じこもって、拳銃の改造に、取りかかった。少しでも頑丈に、そして、少しでも、命中精度を、高めたかったのだ。

そのために、午前二時近くまで、本間は、拳銃の改造作業を、していた。

しかし、日曜日には、そうした作業をしていることを隠すために、本間は、庭に出て、蒸気機関車を、動かして遊んだ。

蒸気機関車を、動かしていると、また、十津川警部が、ふらりと立ち寄った。

いつものように、ニコニコしながら、

「相変わらず、蒸気機関車を、楽しんでいますね」

と、十津川が、声をかけた。

「僕には、ほかに、道楽がありませんから」

と、本間が、いうと、

「小城大助という男を、本当にご存知ないんですか？」

と、十津川は、改めて問い質《ただ》した。

「いえ、知りませんが」

と、本間が、とぼけると、

「そうですか。この小城大助という男ですが、前に死んだ橋爪恭介、小田切進二人の仲間でしてね」

と、十津川は、先日と同じように、思わせぶりに、いった。

「それが、僕と、どんな関係があるんですか？」

「それは、わかりませんが、あなたに、この小城大助について、もう一つお知らせしようと思いましてね。彼には、仲間がいます。白石というチンピラで、これも、相当のワルでしてね」

と、十津川が、いった。

「そんなこと、僕とは、何の関係もないでしょう？」

と、本間は、いった。

「そうですかね？　本当に関係ありませんか？」

「関係ありませんよ」

「それならいいんですが、ひょっとして、この小城という男が、本間さん、あなたを、狙うかも知れないんですよ」

と、十津川が、いう。

「どうして、僕が、その人に、狙われるんですか？」

「お金ですよ」

「お金って、何ですか？」

「さらに、この小城という男は、恐喝で、何回もあげられたことがあるんですよ。ですから、あなたを、恐喝するかも知れない。その時には、迷わずに、電話をください。これが、私の携帯の番号です。ああ、前にも私の携帯の番号は、お知らせしてありましたね」

と、十津川は、いい、帰って行った。

翌日、会社に出ると、昼頃になって、近くの生命保険の会社から、勧誘員がやって来た。社員の一人一人に、生命保険に入りませんかと、勧誘している。

本間は、その勧誘員に、声をかけた。

「僕は今、四十二歳ですが、生命保険に入れますか？」

と、きくと、勧誘員は、ニッコリして、

「もちろん、入れますよ。四十二歳というと、いちばん、生命保険に入ったほうがいい年齢ですね。ぜひ、お入りください」

と、持参したパンフレットを、本間の前に、置いた。

「いくらの保険でも入れるのですか？」

「うちは、一応限度が、五千万円になっています」

と、その勧誘員が、いった。

「じゃあ、その五千万円に入ろうと思います」

と、本間が、いうと、勧誘員は、嬉しそうに笑って、

「それでは、すぐに手続きを取らせてください」

と、いって、申込書を取り出した。

本間は、勧誘員の差し出した契約書に、目を通した。

事故死の時には、三倍の金額が、払われると書かれている。

本間は、ほかのことには、関心がなかった。そこだけを見て、万年筆を取り出すと、書類に、自分の名前を、書いた。

受取人は、妻の夏子にした。これで、自分が死んでも、差し当たって、夏子は、暮らしには、困らないだろう。

事情を知らない勧誘員は、ニコニコしながら、

「奥さんは、幸福ですね。こんなに、優しいご主人をお持ちで」

と、お世辞をいった。

「まあ、僕は、一家の主《あるじ》ですから、万が一の時には、家内が、困らないようにしておきたいんですよ」

と、本間は、微笑した。

契約を取り交わすと、まず、一回目の二十万円を払った。

翌日。本間は、銀行預金を全部下ろしてしまった。全部で三百万円。

(小城の要求した五百万円には、二百万円足らないが、それでもまあ、何とかなるだろう)

と、本間は、思った。

その三百万円を、丈夫な封筒に入れ、ガムテープで封をした。

後は、拳銃の改造だった。

何しろ、相手は二人だし、それに、トカレフという、大型の拳銃を持っているのだ。それに立ち向かうからには、こちらも、今までのような拳銃では、戦えない。

だから、何とかして、故障しない、命中精度の高い拳銃を、作りたかった。

設計図を引き直し、新しく材料を買い集めて、拳銃を作っていく。作っては、深夜に、試し撃ちをして、うまく行かないと、もう一度設計図を引き直し、また作る。それを繰り返していった。

その途中で、また、十津川が、本間を訪ねて来た。

その日はウィークデイで、会社から帰って、いつものように、工作室に入ろうとしたところ、玄関のベルが鳴った。

あわてて玄関に出てみると、十津川が、立っていた。

「今日はもう、疲れているので、眠りたいのですが」

と、本間が、文句を、いうと、

「ちょっと、気がかりなことを、きいたので、それを、お知らせしようと思いましてね」

と、十津川が、いった。

仕方がないので、本間は、相手を座敷に上げた。

リビングに通し、コーヒーを作って十津川に勧め、自分も飲んだ。

「それで、ご用というのは、どんなことでしょうか？」

3

「実は、この近くの派出所に、若い女性が、やって来ましてね。妙な話を、するんですよ」

十津川が、本間に、いった。

「それと僕と、いったい、どんな関係があるんですか？」

「それを、これから、話そうと思うんです。とにかく、きいてください」

と、十津川が、いった。

「彼女は、こんなことを、いっているんです。何日か前ですが、この近くの公園を、夜、通りかかったら、突然、若い男二人が現れて、後ろから、抱きつかれた。抵抗したが、力の強い男たちで、危うく、レイプされそうになった。その時、その女性にいわせると、突然、白馬の騎士が、現れたというんですね。その男性は、いきなり声をかけてきて、止めろといい、男たちが止めないと、拳銃を、取り出して、撃ったというんですよ。男たちのほうは、ほうほうの体《てい》で、逃げた。そこで、お礼をいおうと思って、その白馬の騎士を、追いかけたら、相手は、いきなり逃げ出して、姿を消してしまったというんです。それで、彼女はですね、何とか、その白馬の騎士を、見つけ出して、お礼をいいたい。警察の手で、その男の人を、探してもらえないか、そういうんですよ」

「僕には、何の関係も、ないじゃありませんか？　僕は、そんな、白馬の騎士なんかじゃありませんから」

と、本間は、いった。

「本間さんは、もし、暗がりで、若い女性が、男たちから、レイプされそうになって、悲鳴を上げていたら、どうされますか？　助けますか、それとも、逃げ出しますか？」

と、十津川が、きいた。

「わかりませんが、たぶん逃げ出すでしょうね。僕は、勇気がありませんから」

と、本間が、いった。

「そうですかね。私は、あなたには、勇気があるように、見えるんだが」

「勇気なんて、ありませんよ。僕は、怖がりだから。それに、僕は、拳銃なんて、持っていませんしね」

と、本間は、いった。

「実は、その女性にですね、あなたを、見させたんです。あなたの後ろ姿をですよ。そうしたら、その女性は、こういうんですよ。間違いなく、あの男の人が、あの夜、自分を救ってくれた、白馬の騎士だというんです。あなたのことをですよ」

と、十津川は、くどく、いった。

本間は、苦笑して、

「僕は、身長百七十三センチ、七十キロですからね。いちばん、ありふれた体型をしているんです。それに、後ろ姿でしょう？　間違えても、仕方がないですけどね、僕は、今までに、女性を助けたりしたことはないんです。いつも、怖がって逃げ出しているんです。そして、後悔するんですよ、どうして、助けてあげなかったのかと思ってね。でも、僕は、ダメなんです。怖がりだから」

と、いった。

「おかしいですね。この近くに、小さな公園が、あるでしょう？　あなたは、八王子の駅から歩いてくる時、あの公園を、突っ切るんじゃありませんか？」

と、十津川が、きく。

「確かに、うちの近くには、小さな公園がありますけど、僕はいつも、駅からは、タクシーで帰って来ますから、歩いてあの公園を横切ることは、ないんですよ」

と、本間は、いった。

「しかし、タクシーがなくなってしまったら、歩いて、帰って来るんじゃありませんか？」

「いや、そんな時間に、帰ったことは、ないんです。いつも、タクシーかバスのある時間に、帰って来ていますから」

と、本間は、いった。

「では、その女性に、会ってみますか？」

「どうして、僕が、その女性に、会わなくてはいけないのですか？」

と、本間は、文句をいった。

「しかしですね、今もいったように、あなたの後ろ姿を見た、その女性が、あなたに、間違いないといっているんですよ。ですから、会ってみたらいかがですか？」

十津川は、しつこく、いった。

「いやですよ。助けたこともない女性に、会ったって、仕方がないじゃありませんか？それより、最近、会社が忙しくて、家に帰って来ると、眠くて仕方がないんです。ですから、今日は、もう帰ってください。僕を眠らせてくださいよ」

と、本間が、声をとがらせた。

「もう一つ、この事件には、面白いことがあるんですよ」

と、思わせぶりに、十津川が、いった。

「どこが、面白いんですか？」

「彼女の話では、自分をレイプしそうになった二人組の一人に向かって、その白馬の騎士は、拳銃を、撃った。それで、問題の現場を、実際に、調べてみたんですが、弾丸が一つ、見つかりました」

「それで？」

「その弾丸が、面白いんですよ。普通の銃から発射された弾丸じゃないんです。その弾丸には、肝心の、線条痕《せんじょうこん》が、ついていないんです。小田切進が殺されたときの弾丸もそうでした。これはお話ししましたよね。つまり、その人助けの男が撃った拳銃ですが、手製の拳銃なんです。そうとしか、思えない」

と、十津川は、いった。

「それが、どうして、僕と、関係があるんですか？　何度もいいますが、第一、僕は、拳銃なんか、持っていませんよ」

「でも、あんな立派な、蒸気機関車の模型が、作れるんだから、拳銃ぐらい、簡単に、作れるんじゃありませんかね？」

「証拠がありますか？　あるなら、見せてください」

と、本間は、挑戦するように、十津川を見た。

「証拠ですか？　証拠ねえ。困ったな」

と、いってから、

「そのうちに、証拠を持って、それを見せに来ますから、待っていてください」

と、いって、十津川は、帰って行った。

次の日、何とか拳銃の改造も、できあがって、本間は、その試し撃ちのために、青梅の山中に入って行った。

前と同じように、標的代わりに、夏子が好きだった、テディベアの人形を、木にくりつけ、それを狙って、何回か撃ってみた。

今回は、一度も、故障がなかった。

それに、ほぼ狙った通りに、まっすぐ、弾丸は、テディベアに命中した。

約束の二週間の前日、本間は、珍しく会社に、欠勤の電話をかけた。風邪を引き、頭が痛いという理由での、欠勤だった。

その電話をかけておいて、本間は、改造した拳銃を持って、家を出た。

車に乗って、第一京浜《けいひん》を、西に向かって走った。

十津川たちが、尾行しているとは思ったが、今日は、それが、気にならなかった。

神奈川県の海辺を走り、大磯《おおいそ》の近くで、車を停めて、海岸に向かって歩いて行った。

風が冷たかったが、本間には、気にならなかった。

海岸に置かれた、小さな漁船の陰に、腰を下し、ボンヤリと、海に目をやった。

若い時には、泳ぐことの対象でしかなかった海である。中年になってからは、海そのものに関心がなくなってしまった。

それが今日は、いつまでも、海を眺めていたいような、気持ちだった。

ひざを抱くようにして、薄目を開けて、水平線を見る。

遠くに、大きな貨物船が見えた。それは、東京湾方面に、進んでいるのだが、いくら眺めていても、進んでいるように見えない。

そこに止まって、ただ浮かんでいるようにしか見えなかった。

それでも、しばらくすると、少し動いているのがわかってくる。風と波の音しかきこえてこない。時間が、止まったような感じがする。

相変わらず、彼方の水平線上の、大きな貨物船は、じっと、動かずにいるように見える。何か、悠久なものを感じられるような気がして、本間は、二時間近く、じっと海を眺めていた。

しばらくして、本間は、携帯を取り出すと、福島にいる妻の夏子に向かって、メールを、送ることにした。

〈僕のせいで、君を、こんな目に遭わせて、申し訳ないと、思っている。

考えてみれば、去年の九月五日、あの事件の時に、僕に、勇気があれば、こんなことには、ならなかったんだ。だからすべて、責任は、僕にある。

君が元気になったら、今度は、二人だけで、ハワイにでも行ってみようか。タヒチでもいい。

とにかく、二人だけで、ノンビリできるところに、行ってみようじゃないか。そういう日が来るのを祈っている〉

これだけのメールを送ると、本間は、携帯をポケットにしまって、立ち上がった。

車に戻り、東京に向かって、車を走らせた。

東京の八王子の家に、帰った時には、もう暗くなっていた。夕食の支度をする気にもなれず、昨日買った、菓子パンを食べ、牛乳を飲んでいると、電話が鳴った。

あの小城大助からだった。

「明日が二週間の期限だが、覚えているだろうな？」

と、小城が、いった。

「ああ、覚えていますよ」

「じゃあ、五百万は、できたんだな？」

「ええ、できましたよ。いつお渡しすれば、いいんですか？」

と、本間は、神妙に、きいた。

「明日の夜、浅川の河原で会いたい。いっておくが、変なマネはするなよ」

と、小城が、いった。

「お金を渡したら、その後は、どうなるんですか？　もうそれ以上、僕に、金を要求することは、ないんでしょうね？」

と、本間は、きいた。

「ああ、五百万で、すべてチャラにしてやるよ。それで、いいだろう？　文句があれば、もっと高い金を要求するぞ」

　と、小城は、いった。

「結構です。明日、五百万を用意して、浅川の河原に持って行きます。時間を教えてください」

　と、本間は、従順に、いった。

「そうだな、午後九時にしよう。午後九時、N橋の近くだ。そこに、車を停めておくから、その車を、目印にしろ。それから、何回もいうようだが、おかしなマネをしたら、あんたを殺すぞ」

　と、小城は、おさえた声で、いった。

　その日、夜を徹して、最後の、拳銃の点検に、とりかかった。

　少しでも不釣り合いのところがあれば、そこを、削って直す。

　この手製の拳銃で、小城と、白石というチンピラに、勝てるかどうかは、わからない。たぶん、負けるだろう。

　しかし、無様《ぶざま》な負け方だけは、したくなかった。

　引き金を引いて、弾が飛び出さなくて、狼狽《ろうばい》する。そんな目にだけは、遭いたくなかったのだ。

午前二時頃まで、本間は、拳銃の改造をしていて、寝たのは、明け方近くなってからだった。

夜の八時半近くになると、本間は、二丁の拳銃を、ポケットに入れ、車に乗って、家を出た。

浅川の河原まで行く。

N橋の近くに、車が一台、停まっていた。小城の、ワンボックスカーだった。

本間は、近くまで軽自動車を、走らせて行き、そこで、停まってから、車を降りた。

それを合図のように、ワンボックスカーからも、人影が、降りてきた。

二人だった。一人は、小城だろう。そして、もう一人は、たぶん、白石というチンピラに違いない。

二人は、用心ぶかく、大きく間隔を取って、挟むようにして、本間を迎えた。月明かりで、相手の顔が、ボンヤリと見える。

「五百万は、持って来たか？」

小城が、声をかけてきた。

本間は、内ポケットから、三百万の札束を取り出した。それは、頑丈に封をした封筒に、入っている。それを、差し上げて見せた。

「これが、五百万ですよ。間違いなく、ここに入っています」

と、いっておいて、また、内ポケットにしまった。

「よし、その五百万円を、こちらに放って寄越せ。そうしたら、帰っていい」

と、小城が、いった。

「本当に、帰っていいんですか？」

「だから、金さえもらえればいいといっているじゃないか！」

と、苛《いら》ついたように、小城が、いった。

その間に、白石というチンピラは、本間の車の脇に来て、いきなり、拳銃を取り出すと、タイヤに向けて、一発二発と、撃った。

銃声が河原に響き、本間の乗って来た車は、タイヤから、空気が抜けて、その場に沈み込んでしまった。

「どうして、こんなことをするんだ！」

と、本間が、怒鳴った。

「いいじゃないか。お前さんの家は、この近くなんだ。歩いて帰れ」

と、小城が、笑った。

4

小城が、月明かりの中で、ニヤニヤ笑っている。

「僕が五百万円を渡して、これであなたとは、縁が切れるんですね？　もう二度と、僕の前に、現れませんか？」

と、本間が、きいた。

小城は、また、笑って、

「お前さんが、俺に五百万円を渡して、そこで死んでくれれば、俺たちは、もう二度と、会うことはないさ」

と、いった。

「僕を殺すんですか？」

「ああ、お前さんは、俺の仲間二人の仇《かたき》だからな。お前さんには、死んでもらうよ」

と、小城が、いった。

小城は、ゆっくりと、上衣《うわぎ》のポケットから、拳銃を取り出した。どうやら、それも、トカレフらしい。

それと同時に、白石も、銃口を本間に向けた。

「早くやっちまおうぜ。殺しておいてから、ゆっくりと五百万をいただけばいいじゃないか」

と、白石がいった。

「そうだな。これで、万事終わりだな」

と、小城が、いう。

「助けてくれ」

と、本間は、わざと、声を震わせた。

「約束が、違うじゃないか。金を渡したら、それで、全て終わりで、もう、何もしないと、いってたじゃないか？」

「そうさ。これで、全て終わりだよ。あんたが死んで、全て終わるんだ」

小城が、手に持ったトカレフを、もてあそびながら、笑った。

「どうして、僕を殺すんだ？　約束の五百万は、ちゃんと、持って来てるんだ。それをやるから、助けてくれ。あとで、文句なんかいわない。警察にも、このことは、何もいわない。誓うよ。そっちだって、僕を殺したって、何のトクにもならないだろう？」

本間は、声を震わせながら、小城に訴えた。

小城が、また、笑った。すっかり、本間を、なめ切っている態度だった。自分のほうが、完全に優位に立ったと思い込んでいるのだ。

「前に、電話でいった筈だ。あんたは、俺の仲間、二人を殺した。その仇を討たなきゃ、俺の男が立たないんだよ。だから、ここで、あんたには、死んで貰う」

「お願いだから聞いてくださいよ。確かに、橋爪さんと、小田切さんを殺すことになってしまったけど、あれは、二人とも、仕方なくだったんです。橋爪さんも、小田切さんも、僕を殺そうとしたんですよ。それで、仕方なく、二人を殺す破目《はめ》になってしまったんです。それを、わかってくださいよ。お願いしますよ」

本間は、小城に向かって、話しかけながら、気付かれないように、そっと、手をポケットに入れた。

指先が、手製の拳銃に触れる。

「やっぱり、俺の仲間二人を殺しやがったんだな」

と、小城が、吐き捨てるように、いった。

「ですから、仕方なくですよ。おわびに、あと、五百万、余計に、差し上げますよ。それで、勘弁してくれませんか？　助けてくださいよ」

本間は、嘆願しながら、ポケットの中で、拳銃を、しっかりと握りしめた。

「おい！」

と、急に、小城が、大声を出した。

「何をしてやがる。さっさと、ポケットから、手を出せ！」

「すいません。差し上げるお金を出そうと思って――」

本間は、そっと、ポケットから拳銃を取り出した。

そのまま、いきなり、横にいる白石に向かって、引き金を引いた。

河原に轟音《ごうおん》が鳴り、閃光《せんこう》が走り、本間のそばで、白石が悲鳴を上げて、どっと、河原に倒れていった。

「この野郎！」

と、目の前にいた小城が、叫ぶ。

小城が、拳銃を本間に向かって、撃った。一発、二発、三発。一発が逸《そ》れ、二発が本間の腕と腹に命中した。

強烈なショックと、激痛が本間を襲い、本間は、その場に、しゃがみ込んでしまった。

右手に持っていた拳銃は、自然と取り落としてしまった。

それを見て、小城は、勝ち誇ったように、笑い、

「どうしたんだ？　えっ、もう拳銃を持つ力もなくなったか？」

と、からかうように、いった。
本間は、力が、だんだん抜けていくように、感じた。すごい脱力感だった。
しゃべろうとするのだが、口がやたらに重い。そして、寒い。ぞくぞくする。
(これが死ぬということなのか)
と、本間は、思った。
立ち上がろうとしたが、立ち上がれない。その場に、仰向けに倒れていった。
トカレフを下げた小城が、ゆっくりと、倒れた本間に近づいてくる。
本間の顔から次第に、生色《せいしょく》が薄れていく。
小城は、本間のそばまで来て、仁王立ちになった。
拳銃を、ゆっくりと、倒れている本間に向けた。
「これで、勝負がついた。お前さんは、負けたんだよ」
と、いいながら、小城は、本間の胸に向けて、一発撃った。
激しい衝撃で、本間の身体が、ピクンと跳ねた。しかし、声ももう出ない。
小城は、さらにもう一発、本間に向けて撃った。
また、本間の身体が、ピクンと揺れる。しかし、もう、指一本動かなくなっていた。
小城は、本間に、覆い被さるように、しゃがみ込むと、

「手間を取らせやがって。とにかく、五百万は、いただくぞ」

と、いって、右手を、本間の上衣の内ポケットに、入れた。

内ポケットから、封筒入りのきつく縛ってある百万円の束を、取り出した。

一人でその厚さを計っていたが、

「ちくしょう、五百万といったのに、これじゃあ、三百万しかないじゃないか」

と、うめくように、いったが、もちろん、それに対して、本間が答える筈がない。

「まあ、三百万でもいいか。それに、これで橋爪と小田切の仇も、討ったんだ」

と、いいながら、小城は、その堅く縛られた三百万の札束を引っ張った。

しかし、その三百万には、紐がついていた。

「この野郎」

と、小城が、舌打ちをした。

「何だって、こんなに頑丈に、縛ってあるんだ。死んだ人間に、金なんか、いらないじゃないか」

と、小城は、文句をいった。

さらに、強く、小城が、引っ張ると、途端にカチッという小さな音がした。

その途端に、倒れている本間が、ニヤッと笑ったように、見えた。小城の顔色が変わった。激しい恐怖に、震えた。

三百万の札束を、投げ捨てるようにして、立ち上がった時、ものすごい爆発音がした。

本間が、自分の腹に、括《くく》りつけておいた、火薬の詰まったアルミの弁当箱の中で、起爆装置が、働いたのだ。

爆風と衝撃が、小城の身体を押し包んだ。

小城の体は、五、六メートルも吹っ飛び、河原に叩きつけられた。

血が口から噴き出してくる。それはもう、人間の顔では、なくなっていた。

5

朝になって、浅川の河原に、死体が三つ、転がっているのが、発見された。

十津川たちが、パトカーで駆けつけた。

十津川と亀井は、パトカーから降り、転がっている、三人の男たちの死体を、眺めた。

チンピラの白石は、撃たれて、死んでいる。その近くには、本間英祐が、河原に仰向けに倒れていた。

しかも、その胸のあたりは、爆風で千切《ちぎ》れて肉がむき出しになっている。

そこから、更に、五、六メートル離れた場所に、小城の死体も、転がっていた。

小城の胸も顔も、同じように、引き千切られて、肉片が散らばっていた。文字通り凄惨《せいさん》な景色だった。

「いったい、どういうことなんでしょうかね、これは？」

と、亀井が、舌打ちをしながら、十津川に、きいた。

十津川は、三つの死体に目をやった。

「ここで死んでいる、白石というチンピラは、明らかに、銃で、至近距離から撃たれて死んだんだ。撃ったのは、たぶん、本間だろう。本間のそばに、彼の作った手製の拳銃が落ちているからね」

「では、本間と、こちらの小城は、どうして死んだんでしょうか？　まるで、爆風に吹き飛ばされたみたいな、死に方じゃないですか？」

と、亀井が、いった。

「私の推測なんだがね、小城の近くには、トカレフの拳銃が、落ちている。小城が、トカレフを、買ったらしいというウワサは、前々から、きいているから、たぶん、小城がトカレフで、本間を撃ったんだよ。それも、至近距離からだ」

「じゃあ、本間が死んだのは、わかりますが、どうして、小城も死んでいるのでしょうか？」

「今、それを考えているんだ」

と、十津川が、いった時、西本刑事と日下刑事の二人が、それぞれ、一万円札の破片を持って来て、十津川に見せた。

「こうした破片が、河原に、何枚も、飛び散っています」

と、西本が、いった。

「これで何とか、想像がつくよ」

と、十津川は、亀井に、いった。

「恐らく、本間は、自分が、殺されることを、覚悟していたんだ。それで、火薬を詰めた、何か、袋のようなものを、体に巻きつけておいたんじゃないだろうか？　そして、その先に、札束の入った封筒を、結びつけておいた。本間を撃った小城が、その一万円の札束を引っ張った時に、起爆装置が、働いたんだと思うね」

と、十津川が、いった。

「それで、ドカンですか？」

「そうとしか、思えないな。今もいったように、本間は、死ぬ気で、そんな仕掛けを、したんだと思う。そうしておけば、金欲しさに、小城も、死んでくれる。そう考えていたと思うがね」

と、十津川は、いった。

「これで、全て終わったんでしょうか?」

と、亀井が、いう。

「たぶん、終わったんだ」

と、十津川は、肯《うなず》いた。

三つの死体は、司法解剖のため、大学病院に、運ばれて行った。

西本たちが、河原に落ちていた二丁のトカレフや、手製拳銃や、一万円札の破片を、拾った。

刑事たちは、捜査本部に引き上げた。

「どうやら、本当に、終わったみたいですね」

と、亀井が、いった。

「何だか、残念そうだな。カメさんは」

と、十津川が、いった。

「残念ですよ。まず第一に、本間を、生きたまま、逮捕できなかった。彼は、間違いなく、橋爪恭介と小田切進の二人を殺しているんですから。それがわかっていながら、本間を、逮捕できなかったんですから、刑事としては、残念で、仕方がありません」

と、亀井が、いった。

「それをいうならば、橋爪恭介、小田切進、小城大助の三人が、去年の九月五日に、八王子で、中村健治を殺し、続いて、彼の恋人の松田裕子を殺している。これは、間違いない。しかし、確証がなかったので、橋爪たち三人も、逮捕できなかった」

と、十津川が、いった。

「まるで、われわれ刑事が全員、今回の捜査に、失敗したことに、なるんじゃありませんか？」

と、亀井が、いった。

「それをいったのは、カメさんだよ」

「警部は、残念じゃないんですか？」

と、亀井が、きく。

「考えてみた。カメさんがいったように、われわれが逮捕しなければならない人間が、何人かいた。本間英祐がいるし、橋爪たち三人がいる。それが、一人も、逮捕できなかった。しかし、連中は、全員死んだ。私たちの手で、逮捕できなかったのは、確かに、残念だが、いってみれば、これは、因果応報みたいなものじゃないか。神の摂理《せつり》といってもいいかも知れない。今もいったように、全員が死んだんだ。それでよしとしようじゃないか」

と、十津川は、小さく、笑った。

「それにしても、平凡なサラリーマンの本間が、殺人鬼に変わったのは、驚きでしたね。人間というのは、恐しいと思いますよ」

と、亀井が、いった。

十津川は、黙って、一枚の定期券を取り出して、亀井に見せた。

「何の定期券ですか？」

と、亀井が、きく。

「死んだ本間の上衣《うわぎ》のポケットに入っていた定期券だよ。八王子、東京間の中央線のもので、有効期間は、今月一杯になっている」

と、十津川は、いった。

この作品はフィクションであり、実在の個人・団体・事件などとは、いっさい関係ありません。　（編集部）

二〇〇四年十月　講談社ノベルス刊
二〇〇八年二月　講談社文庫刊

光文社文庫

長編推理小説

十《と》津《つ》川《がわ》警《けい》部《ぶ》「悪《あく》夢《む》」通《つう》勤《きん》快《かい》速《そく》の罠《わな》

著　者　西《にし》村《むら》京《きょう》太《た》郎《ろう》

2018年2月20日　初版1刷発行
2023年3月5日　6刷発行

発行者　三　宅　貴　久
印　刷　堀　内　印　刷
製　本　ナショナル製本

発行所　株式会社　光　文　社
〒112-8011　東京都文京区音羽1-16-6
電話（03）5395-8149　編　集　部
8116　書籍販売部
8125　業　務　部

落丁本·乱丁本は業務部にご連絡くだされば、お取替えいたします。
ISBN978-4-334-77605-3　Printed in Japan

組版　萩原印刷

シネマコンプレックス　畑野智美
やすらいまつり　花房観音
時代まつり　花房観音
まつりのあと　花房観音
心中旅行　花村萬月
スクール・ウォーズ　馬場信浩
CIRO　浜田文人
機密　浜田文人
利権　浜田文人
叛乱　浜田文人
ロスト・ケア　葉真中顕
絶叫　葉真中顕
コクーン　葉真中顕
Blue　葉真中顕
アリス・ザ・ワンダーキラー　早坂吝
殺人犯対殺人鬼　早坂吝
不可視の網　林譲治

「綺麗な人」と言われるようになったのは、四十歳を過ぎてからでした　林真理子
私のこと、好きだった？　林真理子
出好き、ネコ好き、私好き　林真理子
女はいつも四十雀　林真理子
母親ウエスタン　原田ひ香
彼女の家計簿　原田ひ香
彼女たちが眠る家　原田ひ香
密室の鍵貸します　東川篤哉
密室に向かって撃て！　東川篤哉
完全犯罪に猫は何匹必要か？　東川篤哉
学ばない探偵たちの学園　東川篤哉
交換殺人には向かない夜　東川篤哉
中途半端な密室　東川篤哉
ここに死体を捨てないでください！　東川篤哉
殺意は必ず三度ある　東川篤哉
はやく名探偵になりたい　東川篤哉
私の嫌いな探偵　東川篤哉

光文社文庫　好評既刊

探偵さえいなければ　東川篤哉
犯人のいない殺人の夜　新装版　東野圭吾
怪しい人びと　新装版　東野圭吾
白馬山荘殺人事件　新装版　東野圭吾
11文字の殺人　新装版　東野圭吾
殺人現場は雲の上　新装版　東野圭吾
ブルータスの心臓　新装版　東野圭吾
回廊亭殺人事件　新装版　東野圭吾
美しき凶器　新装版　東野圭吾
ゲームの名は誘拐　東野圭吾
ダイイング・アイ　東野圭吾
あの頃の誰か　東野圭吾
カッコウの卵は誰のもの　東野圭吾
虚ろな十字架　東野圭吾
素敵な日本人　東野圭吾
夢はトリノをかけめぐる　東野圭吾
逃亡作法　東山彰良

ヒキタさん！　ご懐妊ですよ　ヒキタクニオ
許されざるもの　樋口明雄
サイレント・ブルー　樋口明雄
黒い手帳　久生十蘭
リアル・シンデレラ　姫野カオルコ
整形美女　姫野カオルコ
ケーキ嫌い　姫野カオルコ
サロメの夢は血の夢　平石貴樹
潮首岬に郭公の鳴く　平石貴樹
独白するユニバーサル横メルカトル　平山夢明
ミサイルマン　平山夢明
探偵は女手ひとつ　深町秋生
大癋見警部の事件簿　リターンズ　深水黎一郎
AIには殺せない　深谷忠記
灰色の犬　福澤徹三
白日の鴉　福澤徹三
晩夏の向日葵　福澤徹三

群青の魚　福澤徹三
いつまでも白い羽根　藤岡陽子
トライアウト　藤岡陽子
ホイッスル　藤岡陽子
晴れたらいいね　藤岡陽子
波風　藤岡陽子
この世界で君に逢いたい　藤岡陽子
オレンジ・アンド・タール　藤沢周
探偵・竹花　潜入調査　藤田宜永
探偵・竹花　女神　藤田宜永
ショコラティエ　藤野恵美
はい、総務部クリニック課です。　藤山素心
現実入門　穂村弘
小説日銀管理　本所次郎
ストロベリーナイト　誉田哲也
ソウルケイジ　誉田哲也
シンメトリー　誉田哲也

インビジブルレイン　誉田哲也
感染遊戯　誉田哲也
ブルーマーダー　誉田哲也
インデックス　誉田哲也
ルージュ　誉田哲也
ノーマンズランド　誉田哲也
ドルチェ　誉田哲也
ドンナ ビアンカ　誉田哲也
疾風ガール　誉田哲也
春を嫌いになった理由　誉田哲也
ガール・ミーツ・ガール　誉田哲也
世界でいちばん長い写真　誉田哲也
黒い羽　誉田哲也
ボーダレス　誉田哲也
Qrosの女　誉田哲也
クリーピー　前川裕
クリーピースクリーチ　前川裕

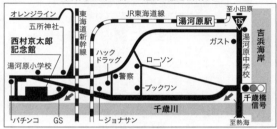